2019 最美职工

中共中央宣传部宣传教育局 编

学习出版社

图书在版编目（CIP）数据

2019最美职工 / 中共中央宣传部宣传教育局编. -- 北京：学习出版社，2020.4

ISBN 978-7-5147-0959-9

Ⅰ. ①2… Ⅱ. ①中… Ⅲ. ①新闻报道－作品集－中国－当代 Ⅳ. ①I253

中国版本图书馆CIP数据核字(2020)第004389号

2019最美职工

2019 Zuimei Zhigong

中共中央宣传部宣传教育局　编

责任编辑：张　俊
技术编辑：周媛卿

出版发行：学习出版社
北京市崇外大街11号新成文化大厦B座11层（100062）
010-66063020　010-66061634　010-66061646
网　　址：http://www.xuexiph.cn
经　　销：新华书店
印　　刷：北京联兴盛业印刷股份有限公司

开　　本：710毫米×1000毫米　1/16
印　　张：14.5
字　　数：162千字
版次印次：2020年4月第1版　2020年4月第1次印刷

书　　号：ISBN 978-7-5147-0959-9
定　　价：47.00元

前言

2019年五一国际劳动节来临之际，中央宣传部、全国总工会向全社会发布2019年“最美职工”。他们是：潍柴控股集团有限公司一号工厂首席技师王树军，国网浙江省电力有限公司电力科学研究院高级工程师、高级技师黄金娟，湖南湘西土家族苗族自治州花垣县双龙镇十八洞村驻村扶贫工作队队长石登高，中建七局总承包公司砌筑工许纪平，铜陵精达特种电磁线股份有限公司实验室主任苏保信，北京新机场建设指挥部高级业务经理吴志晖，中国铁路哈尔滨局集团有限公司齐齐哈尔车辆段工长陈佳，江苏省无锡微研股份有限公司高级技师陈亮，武汉重型机床集团有限公司中小件加工厂钳工魏红权，中国航天科技集团五院总体部深空探测航天器系统总体设计团队。

这些“最美职工”都是来自生产一线的产业工人和群体，有的承担我国探月工程、行星探测等任务，致力于新型空间科学与深空探测器系统技术研究和工程实践；有的从事高端装备研制，推动制造业高质量发展；有的扎根脱贫攻坚一线，创造性开展精准扶贫；有的苦练技艺，在全国职业技能大赛中夺魁；有的巾帼不让须眉，荣获国家科技进步奖；有的负责交接国际联运列车，活跃在“一带一路”重要节点……他们立足本职、敬业奉献，在平凡岗位上做出不平凡的业绩，用实际行动模范践行社会主义核心价值观，充分展示了产业工人队伍有理想守信念、懂技术会创新、敢担当讲奉献的良好精神风貌，大力唱响了新时代奋斗者之歌。

为以习近平新时代中国特色社会主义思想为指导，全面贯彻党的十九大和十九届二中、三中、四中全会精神，深入学习贯彻习近平总书记关于工人阶级和工会工作的重要论述，大力弘扬劳模精神、劳动精神、工匠精神，营造劳动光荣的社会风尚和精益求精的敬业风气，加强职工思想政治引领，我们组织编写了本书。以进一步讲好中国工人故事，充分展示一线职工刻苦钻研、精益求精、追求卓越、创造一流的职业素养，推动产业工人队伍建设改革向纵深发展，激励全社会劳动者学习最美、争当最美，为坚持和完善中国特色社会主义制度、推进国家治理体系和治理能力现代化，实现“两个一百年”奋斗目标、实现中华民族伟大复兴的中国梦而努力奋斗！

目录 contents

石登高

许纪平

苏保信

魏红权

中国航天科技集团五院总体部深空探测航天器系统总体设计团队

视频 · 链接

做新时代的最美奋斗者

李昌禹

新时代，是奋斗者的时代。为大力弘扬劳模精神、工匠精神，不久前中央宣传部、全国总工会发布了王树军等2019年“最美职工”的先进事迹。

他们都是平凡工作岗位上的劳动者，也是实现中国梦道路上的勇敢追梦人。苦心练就高超的技艺技能，攻克一个个生产难关，他们以坚守和奉献，引领着“劳动最光荣、劳动最崇高、劳动最伟大、劳动最美丽”的社会风尚，成为万众瞩目的人生偶像。

千锤百炼成绝技

1微米有多细？一根头发丝的1/60！ 1微米有多难？精密模具的制作一般是2—5微米，1微米精度的模具目前在市场上较罕见，而模具品质的优劣往往就在这1微米的差距上。

江苏省无锡微研股份有限公司高级技师陈亮的拿手绝活，就是把模具精度控制在1微米之内。眼下，陈亮及其团队正忙着与清华大学校企联手研制用于国产大飞机发动机的超微细电加工设备。

10 多年来，他淬炼匠艺、精益求精，从学徒工蜕变为技能大师、江苏省五一劳动奖章获得者、国家级工匠，他参与国家 863 重点项目，攻克了一批技术难题，研发的新生产技艺甚至填补了国内空白，获得多项发明专利。

“技能成就梦想，奋斗改变人生！”陈亮有些动容地说，他最感恩的是国家和社会对工匠的认可与尊重，这也是他精益求精、创新专研的最大力量源泉。

许纪平，中建七局总承包公司砌筑工。在 2018 年 10 月的第六届全国职工职业技能大赛砌筑工决赛上，他凭借苦练的技艺和较高的理论水平一举夺冠，成为技能大赛上唯一的农民工冠军获得者。

许纪平的功夫，源自千锤百炼。“三皮一吊，五皮一靠；上跟线，下跟棱，左右相跟要对平”，拜师学艺期间，师父耐心教，他用心学。经常是白天记下砌筑要领，晚上独自拎着瓦刀对着一堆砖块练，拆了砌、砌了拆。挤、揉、刮、甩，一道抹灰工艺他练习不止百遍，一直练到整个砌筑过程一气呵成。就这样反反复复很长时间，直到他熬红了双眼，磨破了双手，浑身疼得无法沾床，师父宣布他出师了，成了能独立砌墙的大工。

许纪平就这样在 12 年里从小工到大工，从所在项目开办的农民工夜校学生，变成了为同行讲授砌筑专业知识的“老师”，最终成为全国性职业技能大赛冠军。

“农民工只要肯学本领，也能成为优秀的产业工人。身为新时代的产业工人，我很幸运，也很自豪。”许纪平说。

苦心钻研当专家

在山东潍柴动力股份有限公司一号工厂，人人都知道首席技师王树军“胆子大”。王树军专门负责“修机器”，他经手的机器每台都价值上千万元，一旦损坏，将给企业造成巨大损失。有时候，修完机器他自己也常常后怕。但他知道，设备有缺陷，给企业造成的损失会更大。

随着机器服役时间增加，某加工中心的光栅尺频发故障。光栅尺相当于加工中心的“神经系统”，15 台加工中心有 45 支光栅尺，故障率竟高达 47%。邀请设备生产商维修价格贵、周期长，严重影响生产。

“会不会是设计缺陷导致光栅尺损坏？”王树军的设想受到大家质疑：世界最先进的设备怎么会有设计缺陷？

王树军决心解决这个“顽疾”。整整一周，他满脑子都是设备原理图，做梦都在翻资料、画图纸。在对照资料查找问题时，他每次都需要钻到加工中心工作台狭小的底部。有时为了查找一个问题，他在里面一趴就是两个小时。

功夫不负有心人，王树军找到了问题根源，设计出一套全新的气密保护气路，成功取代原设计，使设备故障率由原来的 47% 降到 1% 以下，年创造经济效益 780 万元，更填补了国内空白，成为中国工人挑战进口设备行业难题的经典案例。

国网浙江省电力有限公司电力科学研究院计量中心高级工程师、高级技师黄金娟，扎根电力计量检定生产一线 30 多年，苦心钻研，不断提升业务技能和创新能力，成为不可替代的专家型工人。

早在1992年，黄金娟参加全国电能技术比武，就自创“目测法”获得“全国电力技术能手”，但早早成名并没有阻碍她钻研的脚步。她在专精业务的同时，还通过“劳模工作室”的平台将自己的经验、感悟梳理沉淀，取得了智能化计量检定系统、智能化计量仓储系统、计量SIM卡智能管理系统等实用化成果20余项，形成系列技术标准11项……

眼下，黄金娟又带领团队向着另一个更高的目标出发了。“我要继续为‘中国标准’国际化运用执着追梦，向上而行！”她说。

勇挑重担克难关

中华技能大奖、全国技术能手、全国机械工业突出贡献技师……虽然只是一名看似不起眼的钳工，魏红权却在职业生涯中获得不计其数的殊荣。而这些，都来自他面对难题从不退缩、一路勇挑重担攻坚克难的精神。

魏红权是武汉重型机床集团有限公司中小件加工厂钳工。他熟练操作车、铣、磨等多种精密加工机床，擅长机械零件的精密加工和各种刀量具的制造与修复。从业以来，他先后攻克了公司300多台机床产品综合精度超差而不能交付用户的技术难题，参与完成国家及省市重大项目30余项，创造直接经济效益数千万元……

在武重承担中科院“九五”重大科学工程——直径8米高精度地水平跟踪机架转台的研制中，魏红权采用平尺作纵横和米字形相互校准的工艺方法进行刮研，确保了平面性精度达到国家计量标准的“0”级标准，该工程使我国在大视场天文学研究领域达到了国际先进水平。

勇往直前不畏难，成就了魏红权的不凡，也是很多大国工匠赖以成名的重要“心法”。

《人民日报》2019 年 5 月 2 日

绽放新时代的劳动之美

李昌禹

他们是广大劳动者的代表，是奋进新时代的典型；他们奏响了劳动最光荣、劳动最崇高、劳动最伟大的时代强音……

为大力弘扬劳模精神、工匠精神，中央宣传部、全国总工会发布了中国航天科技集团五院总体部深空探测航天器系统总体设计团队等一批“最美职工”先进事迹。

他们用创新、奋斗、坚守展现了新时代的劳动之美。

创新，提升新高度产生大效益

2019 年年初，嫦娥四号探测器成功自主着陆在月球背面，实现人类探测器首次月背软着陆。而中国航天科技集团五院总体部深空探测航天器系统总体设计团队，正是嫦娥四号探测器的抓总研制单位。自 2004 年成立以来，设计团队为树立中国航天新的里程碑、不断刷新“中国高度”作出了突出贡献。

在广袤的深空逐鹿场，唯有创新才能抢占先机。在嫦娥一号卫星研制中，面对全新的深空探测领域，怎么搭建框架？设计团队采用多学科、全系统优化设计方法，突破了月球探测器总体设计、远距离测控通信等关键技术，高起点地确定了我国首个月球探测器的总体方案。

2019 年成功登月的嫦娥四号探测器，在设计过程中遇到的难点也不比从零开始少，设计团队针对新增中继链路、系统级试验工况复杂，飞行任务执行过程中不可逆和影响成败的关键点多等特点，强化“两器一星”接口验证设计，加强精细化控制……全力托举“四姑娘”探索月背。

此外，通过工程实施，设计团队还致力于牵引多种学科互相交叉渗透，产生了人工智能、碳纤维复合材料等一大批影响深远的科学和技术成果，带动了国内基础工业的发展，并产生广泛的收益，为提升我国自主创新能力和航天科技水平作出突出贡献……

与之相比，铜陵精达特种电磁线股份有限公司实验室主任苏保信几十年来从事的算是“小创新”，但小创新也能产生大效益。

自 2000 年参加工作以来，苏保信一直在公司从事质量、制造管理工作，他立足岗位刻苦钻研，通过“小改小革”，多次解决了检验和制造过程中的技术难题，为企业节约生产和检验成本上千万元。

2015 年 7 月，“苏保信技能大师工作室”被人社部授予“国家级技能大师工作室”称号，这让苏保信和同事们的创新如虎添翼，耐高频脉冲电压的新能源汽车驱动电机耐电晕变频漆包线、风力发电机用特种电磁线、压缩机用直流变频电磁线……工作室的创新产品越来越多，不但开拓了市场领域，还实现了很多高端需求的国产化，填补了国内空白。

奋斗，留下最好的人生注脚

奋斗，是劳动者最好的人生注脚。吴志晖，就是这样一个奋斗者。

自 1988 年从同济大学毕业以来，他一直从事着机场规划设计与工程建设工作，现任北京新机场建设指挥部高级业务经理兼飞行区工程部总经理。他是中国民航机场建设的实践者、奋斗者，更是民航强国的见证者。

大兴机场跑道坐落的永定河洪泛区土质松软，为保证跑道能够承受飞机起降时的巨大压力，需要对跑道下方土方进行多次的强夯、压实。每一个强夯点位的夯击次数与夯击能量、每一个碾压点位的压实遍数与压实效果，无数的数据，若仅凭人工计算与测量，不仅费时费力，得到的结果也不够精确。

面对这些问题，吴志晖带领飞行区工程部历时两年多，通过空间定位与传感技术，精准定位并自动收集工程质量相关信息，提升了施工效率，实现了对工程质量的有效监管，为机场下一步运营提供了翔实数据，直接节省成本 2500.33 万元，成为中国民航机场建设的新亮点和新标杆。2018 年 10 月，该项目荣获民航科学技术一等奖。

从一名普通技术人员，到项目部工程处、场道室、规划院、生产管理部、规划设计部，再到今天的飞行区工程部，吴志晖主持了首都机场三期扩建工程、首都机场西区改造工程、北京大兴国际机场工程等多项工程的规划和设计工作，用青春和热情书写着一名基层劳动者的无悔人生。

湖南湘西土家族苗族自治州花垣县委驻十八洞村扶贫工作队队长石登高是一名奋战在脱贫攻坚一线的奋斗者。

为有效推进精准扶贫工作，他在村里组建党员志愿服务队、青年突击队，义务出工、结对帮扶，化解多起邻里纠纷，建立村干部坐班、为民服务全程代办、民情联系卡等党员干部联系服务群众制度，推动发展乡村游、黄桃、猕猴桃、苗绣、劳务输出、山泉水等“旅游 +”产业体系。

担任十八洞村驻村扶贫工作队队长以来，十八洞村人均纯收入由 2016 年的 8313 元增加到 2018 年的 12128 元，村容村貌发生了巨大变化，十八洞村村民昂首阔步地向小康迈进。

坚守，谱写劳动者之歌

在“一带一路”的重要节点、中欧班列的汇集地、中国最大的陆路口岸满洲里，活跃着这样一群女性，她们肩负着国际联运车辆的技术交接工作，保证俄罗斯铁路车辆在我国境内的运行安全。她们就是中国铁路哈尔滨局集团有限公司齐齐哈尔车辆段女子检车班的姐妹们，工长陈佳，就是这支队伍的带头人。

女子检车班成立于 1986 年 3 月，她们 33 年如一日坚守一线，口岸“金花”因此得名。

满洲里口岸地处我国高寒地区，贝加尔湖冷空气、西伯利亚寒流首先从这里进入我国，这里一年有近半年时间是冬季。面对零下 40 多摄氏度的严寒，不要说检车，就是在室外站上半个小时都会冻得直打哆嗦，正是这种恶劣的自然环境塑造了女子检车员坚强的意志。

有一年除夕夜，一场罕见的暴风雪袭击了满洲里，那风雪刮得人站不稳脚、睁不开眼，气温也骤降至零下44摄氏度。“走，检车去，别等雪停了，不然会影响换装！”陈佳毅然带领姐妹走向宽轨站场。由于车辆的许多部位都被大雪掩埋，她们就用双手扒开积雪，不敢有丝毫马虎。脸冻疼了，她们就用冰凉的手套揉一揉；脚冻麻木了，她们就使劲跺一跺，厚厚的皮袄被风吹透了，寒风直接刺到骨子里，那种钻心的疼没有让陈佳和姐妹们退缩。平时一列车只需四五十分钟就能检完，这次却用了一个多小时。这一夜，她们几乎是手脚并用在雪地里爬着检完车的……

有人问陈佳，到底是什么支撑着她们坚守在这个艰苦的岗位？陈佳的回答代表了姐妹们的心声：“我们坚守在这里，是‘给车辆体检、为祖国把关’的坚定信念。”

劳动最光荣，劳动最崇高，劳动最伟大。相信“最美职工”的先进事迹，定将激励全国各行各业广大职工奋进新时代，谱写新篇章。

《人民日报》2019年5月3日

奋斗中的他们最美

——走近“最美职工”

樊　曦　齐中熙

立足本职，敬业奉献，这是新时代劳动者的“奋斗之美”。

为大力弘扬劳模精神、劳动精神、工匠精神，讲好中国工人故事，在五一国际劳动节来临之际，中央宣传部、全国总工会向全社会公开发布 2019 年“最美职工”先进事迹。

不忘初心，扎根基层做工匠

王树军是潍柴工匠人才的一面旗帜。

作为我国高端装备制造产业龙头企业潍柴控股集团有限公司，培育了一大批引领行业转型发展的优秀工匠人才，其中就有首席技师王树军。

自 1993 年参加工作以来，王树军扎根基层，专心致志与设备打交道，凭借精湛的技艺成为潍柴乃至国内发动机行业中设备检修技术的集大成者。他有两项高超的技能，一是擅长自动化设备的定制化设计及自主研发制造；二是精通各类数控加工中心和精密机床的维修。

不仅如此，他还走出潍柴，在社会上大力弘扬工匠精神。潍坊科技学院、潍柴大学聘请他为客座教授，并为他建立了工作室，定期为学生授课，影响和带动了大批青年人，每年培训学生 2000 多人次。

苏保信是铜陵精达特种电磁线股份有限公司实验室主任。仅仅参加工作 6 年，2006 年，苏保信就荣获了“全国首届电线电缆检验工职业技能大赛”全国总决赛冠军。

十几年来，他立足岗位潜心钻研，通过“小改小革”，多次解决了检验和制造过程中的技术难题，为企业节约生产和检验成本上千万元。不仅如此，他还采用学用一体化的培训方法，使职工将现场培训内容在教、学、用中同时进行，彻底打破了一直以来培训工作与现场实际相脱节局面，加快了技能人才的培养。

牢记使命，坚守岗位讲奉献

在石登高看来，脱贫攻坚不仅是工作，更是使命。

自 2017 年 3 月担任湖南湘西土家族苗族自治州花垣县双龙镇十八洞村驻村扶贫工作队队长以来，石登高始终战斗在扶贫攻坚第一线，积极探索“可复制、可推广”的十八洞村精准扶贫模式。

曾经的十八洞，人均耕地面积仅 0.83 亩，村里没有多少产业，集体经济几乎也是空白。石登高因地制宜发展当家产业，形成了乡村游、黄桃、猕猴桃、苗绣、劳务输出、山泉水等“旅游 +”产业体系。

2018年，全村人均纯收入由2016年的8313元增加到12128元，集体经济收入从2016年的7.5万元增加到53.68万元，精准扶贫成果进一步巩固，十八洞村村民昂首阔步地向小康迈进。

黄金娟是国网浙江省电力有限公司电力科学研究院计量中心高级工程师、高级技师。扎根电力计量检定生产一线30多年来，她始终不忘“人民电业为人民”的初心，以一颗精益求精的无私匠心在保障民生计量公平公正的技术领域里燃烧自己的所有青春和梦想。

她牵头创建电能表智能化计量检定作业工法，实现了电力计量检定技术的跨越式发展，革新了作业模式，推动了我国计量检定技术整体进步，受到了国内外专家同行的高度认可。

刻苦钻研，投身一线做建设

许纪平是中建七局总承包公司砌筑工。在2018年10月的第六届全国职工职业技能大赛砌筑工决赛上，他凭借苦练的技艺和较高的理论水平一举夺冠，成为技能大赛上唯一的农民工冠军获得者。

从渭南到西安、从延安到庆阳，从甘肃到河南……12年间，中建七局的工地在哪里，他就到哪里。他先后参与过34个项目建设，总砌筑量超万立方米。

为了备战全国砌筑工大赛，许纪平和其他3个选手要接受为期两个月的集训。时值暑期，他们每天要在酷暑热浪的冲击下坚持锻炼10多个小时，晚上还要啃上千道专业试题，即使是这样的强度，他依旧拿出不服输、不怕苦的精神，全身心地投入了“战斗”。12

年里从小工到大工，许纪平从所在项目开办的农民工夜校学生，变成了为同行讲授砌筑专业知识的“老师”，最终成为全国性职业技能大赛冠军。

吴志晖是北京新机场建设指挥部高级业务经理兼飞行区工程部总经理。他还有一个身份：北京大兴机场开工建设的奠基人。

1988 年 7 月，吴志晖从同济大学毕业后分配到中国民用航空机场设计院工作，从事着机场规划设计与工程建设。他热爱这份职业，在民航这个领域，从一名普通技术人员到项目部工程处、场道室、规划院、生产管理部、规划设计部，再到今天的飞行区工程部，他主持了首都机场三期扩建工程的总体规划和设计工作，参与了北京奥运会的重点保障。

此外，他还主持了首都机场西区改造工程，攻克技术难题，获得民航科学技术一等奖；主持了北京大兴国际机场工程规划和设计工作，圆满完成北京大兴国际机场项目立项、可行性研究报告报批等多项里程碑式重要工作，为北京新机场开工和建设奠定了坚实基础。

“一带一路”上的口岸“金花”

在“一带一路”的重要节点、中欧班列的汇集地、中国最大的陆路口岸满洲里，活跃着这样一群女性。她们肩负着国际联运车辆的技术交接工作，被称为口岸“金花”。她们就是中国铁路哈尔滨局集团有限公司齐齐哈尔车辆段女子检车班的姐妹们。工长陈佳，就是这支队伍的带头人。

满洲里口岸地处我国高寒地区，承担着中俄贸易 60% 以上的陆路运输任务。这里一年有近半年时间是冬季。

一年除夕夜，一场罕见的暴风雪袭击了满洲里，气温也骤降至零下 44 摄氏度。陈佳带领姐妹们走向宽轨站场。寒风刺骨，厚厚的皮袄被风吹透了。平时一列车只需四五十分钟就能检完，这次却用了一个多小时。那一夜，她们一直在风雪中忙碌，连续接了 6 列车。

作业标准深深扎根在陈佳的心里，即使在恶劣的自然环境下也不走样。一列车平均 66 节车厢、1 万多个零件，探身、抬头、附身 3 个动作，一遍遍重复着，一个人一个班下来检查交接车厢超过 300 个，这样的动作达 8400 次。

陈佳还常常放弃休班时间，独自背规章、练技术。功夫不负有心人，随着时间的推移，她练就了一双“火眼金睛”，在她面前，问题车无处逃遁。

有人问陈佳，到底是什么支撑着她们坚守在这个艰苦的岗位，陈佳的回答代表了姐妹们的心声：“我们坚守在这里，是巾帼不让须眉的坚韧，是‘给车辆体检、为祖国把关’的信念。”

“细心就是习惯”的技能大师

1 微米有多细？一根头发丝的 1/60！ 1 微米有多难？精密模具的制作一般是 2—5 微米，1 微米精度的模具目前在市场上较罕见，而模具品质的优劣往往就在这 1 微米的差距。而陈亮的拿手绝活就是，把模具精度控制在 1 微米之内。

陈亮是江苏省无锡微研股份有限公司的一名高级技师。对于精密制造，细心是这行的职业习惯。为了更好应对每一次挑战，陈亮为自己立了一条工作准则："再仔细一点点，离 1 微米的精度就能更近一点点！"

几年前，陈亮所在的无锡微研与清华大学共同承接了一项国家 863 重点项目——节能减排燃油喷射用微喷孔加工高精密先进制造设备项目。短短半年时间，他和技术专项小组成员配合清华大学的研发人员就研制了一台样机，靠的就是精密技术。2016 年，他们研发的这一设备获得了"中国机械工业科学技术奖"一等奖。

武汉重型机床集团有限公司中小件加工厂钳工魏红权也是一位精益求精的技能大师。他熟练操作车、铣、磨等多种精密加工机床，擅长机械零件的精密加工和各种刀量具的制造与修复。在工作中，他常常能突破加工制造瓶颈，富于创新性地解决产品零件在生产制造中因设备精度不够无法达到设计要求的难题。

在武重承担的中科院重大科研项目——直径 8 米高精度地水平跟踪机架转台的研制中，魏红权发挥了"超精密机械手"作用，确保该工程平面性精度达到国家计量标准的"0"级标准，使我国在大视场天文学研究领域达到了国际先进水平。

在月背刻下"中国足迹"的团队

中国首颗月球探测卫星、首颗飞入行星际的探测器、首颗软着陆在地外天体表面的航天器和首辆将"足迹"刻在地外天体上的月球车、首颗以近第二宇宙速度高速再入返回地球的航天器、首颗大型 X 射线天文望远镜卫星……

这一切里程碑式工程的背后，都离不开一个名字：中国航天科技集团五院总体部深空探测航天器系统总体设计团队。

设计团队诞生之初，便全力投入到嫦娥一号卫星这一全新的任务中，打开了我国探索深空奥秘的大门。2007 年 11 月，嫦娥一号卫星首幅月面图像公布，中国首次绕月探测工程取得圆满成功。

2008 年，设计团队又开启了嫦娥二号卫星研制的新征程。嫦娥二号卫星在 2010 年 10 月发射后，成为我国首颗飞入行星际的探测器。

与此同时，立项于 2008 年的嫦娥三号任务也紧锣密鼓地同步开展。设计团队经过近 6 年的艰苦奋斗，2013 年 12 月 14 日，嫦娥三号首次实现了我国地外天体软着陆和巡视探测，使我国成为全球第三个成功实现地外天体软着陆和巡视勘察的国家。

与嫦娥三号任务交叉并行的是立项于 2011 年的探月三期工程，设计团队承担了嫦娥五号飞行试验器的研制任务。2014 年 11 月 1 日，经过近 9 天的飞行，返回器圆满实现了地外天体高速再入返回。

嫦娥四号任务于 2016 年立项，2018 年 12 月 8 日探测器成功发射、2019 年 1 月 3 日实现人类首次月球背面软着陆。作为我国探月工程四期的首次任务，嫦娥四号在人类历史上首次实现了航天器在月球背面软着陆和巡视勘察，首次实现了月球背面同地球的中继通信，成为我国由航天大国向航天强国迈进的重要标志之一。

新华社北京 2019 年 5 月 1 日、2 日电

把勤劳和智慧献给亲爱的祖国

任　欢

五月的鲜花属于为新时代奋斗的劳动者。在五一国际劳动节来临之际，中央宣传部、全国总工会向全社会公开发布 2019 年“最美职工”先进事迹。他们身体力行，成就了不平凡的业绩；他们用双手建设美丽祖国，创造幸福生活。他们不忘初心，用勤劳和智慧奉献祖国；他们用干劲、闯劲、钻劲，鼓舞带动更多的人继续拼搏。

不做“差不多工人”

作为潍柴控股集团有限公司首席技师，王树军的字典里从来就没有“无解”两个字。

2016 年，潍柴推出了自主研发的国Ⅵ排放的大功率发动机——WP9H/10H。投放市场以来订单持续火爆，完全超出日产 80 台的设计预期。要想提升产能，最简单的方法就是增加新设备，但至少 18 个月的采购周期将极大影响 WP9H/10H 与外国产品的竞争。

“我们的产品已经实现了从中国制造向中国创造的突破，我们的设备也一定可以！”带着这样的决心，王树军升级主轴孔凸轮轴孔精镗床等52台设备、自制“树军自动上下料单元”等33台设备、制造改制工装216台套，不仅节约设备采购费用3000多万元，更将日产能从80台提高到120台，缩短市场投放周期12个月，每年创造直接经济效益1.44亿元。

王树军说：“我不愿意做‘差不多工人’，只愿意做技术大拿。”工作20多年来，他精益求精、不断创新，凭借精湛的技艺取得一长串令人惊叹的成绩——为了让更多年轻人成为高精尖技术工人，王树军将自己总结的经验和方法倾囊相授。他每年授课达240课时，培养的学员个个成为装备管理的骨干。他带的徒弟中，7人获得技师资格证书，5人获高级技师资格证书。

“有余热一定要发挥出来”

在国网浙江省电力有限公司电力科学研究院计量中心高级工程师、高级技师黄金娟心中，没有什么比“人民电业为人民”这句话分量更重的了。

2006年，面对电能计量管理机制改革和电能表更新换代带来的计量检定数量井喷式增长，黄金娟敏锐地意识到，传统依靠人工为主的电能表计量检定模式已无法满足时代的要求。她大胆提出了“计量检定机器换人”的想法，历时3年，在2009年3月成功研制出了首套全自动计量检定工程样机。两年后，她又成功研发出国内外首套大规模全自动的电能表智能化计量检定系统，年检定能力达到 640 万只。经第三方检测鉴定，系统整体效率提升了 58 倍，人员精减 90% 以上，检定可靠性达 100%，实现了计量作业模式的巨大变革。

从业 30 多年，黄金娟始终以事业为重，奋战在电力计量检定第一线。2013 年，受强台风“菲特”影响，宁波余姚 70% 以上的城区受淹，电力设施受损严重。当时黄金娟因消化道旧疾复发刚动完手术，听闻消息便紧急出院，第一时间投入抗击台风、驰援灾区的电能表紧急配送工作。

一心只为乡亲

自 2017 年 3 月担任湖南省湘西土家族苗族自治州花垣县双龙镇十八洞村驻村扶贫工作队队长以来，石登高始终战斗在扶贫攻坚第一线。

曾经的十八洞村，人均耕地面积仅 0.83 亩，村里没有多少产业，2012 年全村只有 417 亩水稻、100 亩玉米、300 多亩烟叶，集体经济也是空白。

“一定要想方设法，为村民拓宽增收路子！”石登高因地制宜发展当家产业，形成了乡村游、黄桃、猕猴桃、苗绣、劳务输出、山泉水等“旅游 +”产业体系。为把全村拧成一股绳，石登高每天走村串户，并组建党员志愿服务队、青年突击队，义务出工、结对帮扶，化解多起邻里纠纷，以实际行动赢得群众认可。

如今的十八洞村，全村人均纯收入 2018 年达 12128 元，集体经济收入 2018 年达 53.68 万元，村民家家通上了自来水、户户用上了放心电，还升级改造了村小学和卫生室，建立了村级电商服务站、村级金融服务站。村子里，总有人欢唱起“苗家住在金银窝，境内自然资源多，精准扶贫来领航，户户脱贫奔小康”。

用学识和智慧“砌筑”美好天地

从渭南到西安，从延安到庆阳……12 年间，中建七局的工地开在哪里，中建七局总承包公司砌筑工许纪平往往就跟到哪里。他先后参与过 34 个项目建设，总砌筑量超万立方米，其中有 6 个项目获得“国优”、鲁班奖。

成功的背后，总有汗水和努力的身影。拜师学艺期间，许纪平经常是白天记下砌筑要领，晚上独自拎着瓦刀对着一堆砖块练，拆了砌、砌了拆。挤、揉、刮、甩，一道抹灰工艺他练习不止百遍，一直练到整个砌筑过程一气呵成。

2018 年，为了备战全国砌筑工大赛，许纪平接受了为期两个月的集训。时值暑期，他白天要在酷暑热浪的冲击下坚持锻炼 10 多个小时，晚上还要啃上千道专业试题。就这样，在 10 月举行的第六届全国职工职业技能大赛砌筑工决赛上，许纪平凭借苦练的技艺和较高的理论水平一举夺冠，成为技能大赛上唯一的农民工冠军获得者。

专注成就大师

苏保信是铜陵精达特种电磁线股份有限公司实验室主任。别看职位平凡，他却在十几年间，多次解决了检验和制造过程中的技术难题，为企业节约生产和检验成本上千万元。

2006年，全国首届电线电缆检验工职业技能大赛举办。苏保信刻苦钻研行业标准与试验方法，在公司的预选赛取得了第3名的好成绩。凭借丰富的理论知识和杰出的操作技能，苏保信取得了电线电缆检验工绕组线组别全国总决赛冠军。

一分耕耘一分收获。取得全国技能大赛冠军后，苏保信更加刻苦努力，于2008年获得了高级技师职业资格。

从2013年开始，苏保信带领团队成功开发了耐高频脉冲电压的新能源汽车驱动电机耐电晕变频漆包线、高端制冷设备用毛细铜管空心漆包线、核电站用高耐湿高耐热耐辐射聚酰亚胺漆包线等高要求产品，不但开拓了市场，而且实现了很多高端需求的国产化，填补了国内空白。

十几年来，苏保信共获得4项发明专利和8项实用新型专利，是3项发明专利和2项实用新型专利共5项专利第一完成人，1项发明专利和6项实用新型专利共7项专利参与完成人。很多人问他为什么这么拼，他说，无论做什么事，都要把时间掌握在自己手中，这样才能从容面对未来。

用热情书写无悔人生

最让北京新机场建设指挥部高级业务经理兼飞行区工程部总经理吴志晖难忘的，是参与北京大兴国际机场建设的工作经历。

2010年年底，北京新机场建设指挥部获批成立，吴志晖放弃了舒适的工作生活环境，披星戴月地奋战在京津冀的荒郊野外。他通过夜以继日的辛勤工作，带领部门员工先后参与并圆满完成了新机场项目立项、可行性研究报告报批等多项里程碑式的重要工作，为北京新机场开工和建设奠定了坚实基础。

2016 年 6 月，在北京大兴国际机场全面建设阶段，吴志晖主持管理飞行区工程建设。这是民航建设史上新建规模最大的飞行区工程，施工占地 18 平方公里，参建单位 30 余家，一次新建 4 条跑道，铺筑面积达 950 万平方米。

面对新的环境和职责，吴志晖快速适应，组织飞行区全体施工单位积极开展劳动竞赛，激发参建热情，克服了交通运输不利等影响因素，经受住了施工面积大、质量要求高、多工种多工序交叉施工诸多困难的考验，带领飞行区工程部全体建设者创造一次性建成“三纵一横”4 条全向型跑道的新标杆。

2018 年 12 月底，北京大兴国际机场“三纵一横”4 条跑道全面贯通，工程进展得到高度认可。这成功的背后，融入了吴志晖团队的大量心血。面对鲜花和掌声，他说：“能够参与历史、创造历史，我无怨无悔！”

祖国利益高于一切

在“一带一路”的重要节点，中国最大的陆路口岸满洲里，活跃着这样一群女性：她们肩负着国际联运车辆的技术交接工作，她们就是中国铁路哈尔滨局集团有限公司齐齐哈尔车辆段女子检车班的姐妹们。工长陈佳，就是她们的带头人。

技术交接的工作性质是无固定时间接车、无固定时间吃饭、无固定时间休息，只要有俄方车辆到达，就会见到陈佳等人忙碌的身影。

有一年除夕夜，一场罕见的暴风雪袭击了满洲里，气温也骤降至零下 44 摄氏度。当时，车辆的许多部位被大雪掩埋。陈佳没有退缩，她带领姐妹们用双手扒开积雪。脸冻疼了，就用冰凉的手套揉一揉；脚冻麻木了，就使劲跺一跺。那一夜，陈佳等人一直在风雪中忙碌，等接完最后一列车的时候，天已经亮了。

有人问陈佳，到底是什么支撑着她们坚守在这个艰苦的岗位，陈佳说："我们坚守在这里，是巾帼不让须眉的坚韧，是'给车辆体检、为祖国把关'的坚定信念。"

做精、做细、做到极致

1 微米有多细？ 1 根头发丝的 1/60！ 1 微米有多难？精密模具的制作一般是 2—5 微米，1 微米精度的模具目前在市场上较罕见。江苏省无锡微研股份有限公司高级技师陈亮的拿手绝活，就是把模具精度控制在 1 微米之内。

对于精密制造，细心是必不可少的。陈亮所在的公司一般接的是精密模具个性化定制，没有现成模具可参考，每一次订单都要仔细研读分析。他为自己立了一条工作准则："再仔细一点点，离 1 微米的精度就能更近一点点！"

实际上，一个看似简单的部件只要稍有不慎就有可能加工成废品，难度非常大。实际操作中还需要超强的耐力和技巧，或站，或弯腰半小时加工一个精密零件是常事。有时，陈亮接连几天废寝忘食，反复做了很多次，模具都不能达到完美精致的标准。

“干一行、爱一行、钻一行；做精、做细、做到极致！”陈亮深知，只有培养更多的工匠，“中国制造”才能“不畏细节，不惧时间”。

在平凡岗位上做最好的自己

30 多年来，武汉重型机床集团有限公司中小件加工厂钳工魏红权只做了一件事：坚守在钳工岗位，脚踏实地，攻坚克难。

针对国家科技重大专项项目 DL250 超重型数控卧式铣车床主轴顶尖锥孔精度差的难题，魏红权通过对轴向轴承的提精和采用对主轴锥孔自磨和研磨的加工方法，确保了产品质量。该设备打破了国外技术封锁和限制，成功地为国家战略装备的研制提供了关键的加工技术保障。该设备获得 2012 年国家科学技术进步二等奖和兵器集团科技进步一等奖。

他还主持试制了华工激光研发的多功能数控激光焊接切割复合加工机床，用来替代进口产品，该机床已国产化批量生产。针对机床设备关键零件——高精度分度齿盘的平面磨削加工难题，他使用自行设计和制作的磨床夹具，以磨削代替研磨的方式，使其加工效率提高 20 倍以上。

从业以来，魏红权先后攻克了公司 300 多台机床产品综合精度超差而不能交付用户的技术难题，参与完成国家及省市重大项目 30 余项，创造直接经济效益数千万元。

在月背刻下中国足迹

自2004年11月成立以来，中国航天科技集团五院总体部深空探测航天器系统总体设计团队（以下简称“设计团队”）作为嫦娥四号探测器的抓总研制单位，承担着我国探月工程、行星探测及空间科学等型号任务，始终致力于新型空间科学与深空探测器系统技术研究和工程实践。

在广袤的深空逐鹿场，唯有创新才能抢占先机。设计团队坚持走中国特色自主创新道路，取得了大量拥有自主知识产权的高水平技术成果，推动了一批重大科技成果转化和产业化，改变了关键核心技术受制于人的局面。

作为嫦娥四号探测器总体，设计团队针对新增中继链路、系统级试验工况复杂，飞行任务执行过程中不可逆和影响成败的关键点多等特点，强化“两器一星”接口验证设计，加强精细化控制。同时，以飞行程序和故障预案、动力下降初始点策略等工作为重点开展复核复审，确保设计正确，接口匹配、验证充分。完成了与地面测控和应用系统的对接联试，“两器一星”接口验证，巡视器在轨遥操作演练等工作……全力托举“四姑娘”探索月背。

2019年2月20日，习近平总书记在会见探月工程嫦娥四号任务参研参试人员代表时强调，太空探索永无止境。我国广大科技工作者、航天工作者要为实现探月工程总目标乘胜前进，为推动世界航天事业发展继续努力，为人类和平利用太空、推动构建人类命运共同体贡献更多中国智慧、中国方案、中国力量。一路行来，设计团队全员挥洒汗水和智慧，将一个又一个奇迹书写在寥廓深空，逐步将“梦想在望”变成“梦想在握”。

《光明日报》2019 年 5 月 2 日、3 日

ZUIMEI ZHIGONG

最美职工

2019

王树军

王树军：高精尖设备维护的领军人

王树军，1974 年 7 月出生，山东诸城人，中共党员，1993 年 7 月参加工作，潍柴控股集团有限公司（以下简称潍柴）首席技师。先后荣获 2018 年“大国工匠年度人物”、齐鲁大工匠等荣誉称号。“王树军劳模创新工作室”被中国机械冶金建材工会命名为“全国机械冶金建材系统示范型职工（劳模）创新工作室”，被山东省总工会命名为“山东省劳模创新工作室”。

潍柴是我国高端装备制造产业龙头企业，经过 70 多年改革创新发展，已成为一家战略业务覆盖全球、六大业务板块协同发展的 2000 亿级国际化企业集团，是名副其实的国之重器、行业脊梁。经过多年积累和传承，潍柴已形成了深厚的工匠文化底蕴，培育了一大批引领行业转型发展的优秀工匠人才。王树军，就是其中杰出的代表。

王树军是潍柴高精尖设备维修保养的探路人和领军人，也是潍柴装备智能升级、智慧转型的引领者和推动者。工作 20 多年来，他一心扎根基层，专心致志与设备打交道，凭借精湛的技艺成为潍柴乃至国内发动机行业中设备检修技术的集大成者，是潍柴工匠人才的典型代表。王树军有两项高超的技能，一是擅长自动化设备的定制化设计及自主研发制造；二是精通各类数控加工中心和精密机床的维修。

向洋权威说“不”——做高精尖设备维护第一人

折服国外专家，为中国工人赢得尊重。作为中国重要高速发动机制造基地的潍柴，拥有世界一流的加工设备。2005 年，潍柴为提升主力产品 WP10 发动机竞争力，先后从德国和日本引进了世界最先进数控加工中心和加工单元。在这些顶尖设备安装初期，负责调试的都是充满优越感的外方工程师。在某品牌加工中心调试过程中，废品率高达 10%，外国专家一筹莫展。王树军根据非对称铸造件内应力缓释原理，结合实际、大胆创新，在原设计基础上加装夹紧力自平衡机构，将废品率成功控制在 0.1% 之内，为中国工人赢得了尊重。他进一步提出成立“中外联合设备调试小组”的建议。面对这个曾经击败过自己的中国人，外国专家不得不同意这一要求，这为中国维修人员打开了难得的国外高精尖设备维修这一禁区。而以王树军为组长的中方调试小组也不负众望，联合调试仅 4 个月，就解决技术难题 72 项，不仅得到外国专家的肯定，更积累了近 3 万字的技术资料。

大胆质疑，解决进口数控设备行业难题。随着高精设备服役时间的不断增加，某加工中心光栅尺故障频发。光栅尺是数控机床最精密的部件，相当于人的神经，一旦损坏只有更换。而采购备件不

检修机器人手爪夹具

仅产生巨额费用，还严重影响企业生产。“我怀疑这批设备有设计缺陷，导致了光栅尺的损坏”，王树军大胆的质疑惊呆众人，世界最先进的设备怎么可能会有设计缺陷？王树军无异将自己推到风口浪尖上。在众人的怀疑中，他利用一周的时间，对照设备构造找到了该批次加工中心的设计缺陷。继而通过拆解废弃光栅尺、3D 建模构建光栅尺气路空气动力模型、利用欧拉运动微分方程计算出 16 处气路支路负压动力值，搭建了全新气密气路，该方案成功取代原设计，攻克了该加工中心光栅尺气密保护设计缺陷难题，将故障率由 40% 降至 1%，年创造经济效益 780 余万元，该设计填补了国内空白，也成为中国工人勇于挑战进口设备行业难题的经典案例。

挑战不可能，打破国外精密转台维修垄断。进口加工中心精密部件很多，数控转台、主轴等涉及生产厂家的核心技术，厂家既不提供相关资料，也不做培训，一旦发生故障，只能求助厂家。2012年，一台定位精度为千分之一度的进口加工中心NC转台锁紧出现严重漏油现象，面对这个整合了机械、液压、电器、气动各个环节的铁疙瘩，售后服务人员也无从下手，建议返厂维修。王树军利用独创的“垂直投影逆向复原法”，绘制传动三维示意图确定复原思路，在不使用专用工装的情况下，凭借“机械传动微调感触法”，成功在μm级装配精度下排除设备故障，打破了外国专家垄断维修数控转台的“神话”。

助力中国内燃机迈向高端——做自动化设备改造的领军者

自主造血，消除生产瓶颈。2016年，潍柴推出了一款引发行业震动的产品——WP9H/10H。这是一款潍柴自主研发的国内领先、世界先进，国Ⅵ排放的大功率发动机，是中国内燃机的高端战略产品，名副其实的“中国心”。投放市场以来订单持续火爆，完全超出日产80台的设计预期。要想提升产能，最简单的方法就是增加新设备，但至少18个月的采购周期将极大影响与外国产品的竞争。“既然我们的产品已经实现了从中国制造向中国创造的突破，那么我们的设备同样可以实现自主研发制造的突破！”王树军决定带队为WP9H/10H这颗“中国心”自主造血。他采用“加工精度升级、智能化程度升级”的方式，升级主轴孔凸轮轴孔精镗床等52台设备、自制“树军自动上下料单元”等33台设备、制造改制工装216台套，优化刀具刀夹79套，不仅节约设备采购费用3000多万元，更将日产能从80台提高到120台，缩短市场投放周期12个月，每年创造直接经济效益1.44亿元。

逆向思维，突破加工禁区。产品的高端不仅体现在前期工艺设计上，更体现在新材料的应用上。WP9H/10H采用了蠕墨铸铁这一新型铸铁，在实现柴油机轻量化的同时，对自制件加工提出了更高的要求。发动机机体后端集成齿轮室最薄位置仅8毫米，加工过程中极易出现震刀现象，严重影响产品加工精度，属于机械加工的“禁区”。王树军团队最初通过调整刀片材料、修整切削参数，有效减小了震刀，但单工位加工时间高达22分钟，无法满足生产线15分钟的节拍要求。后来，王树军逆向思维提出“反铣刀”设计概念。新的“反铣刀”刀片用正前角的设计方案代替负前角，借助正前角刀片耐冲击的特性，横向分散加工应力，同时将刀柄由分体式刀柄改为一体式刀柄，新刀具应用后单工位加工时间降至13分钟。不但解决了加工难题还提高生产效率41%，为企业创造了巨大的经济效益。

大胆尝试，助推智能制造。潍柴是工信部确定的智能制造示范基地，王树军所在的一号工厂是高端柴油发动机智能工厂，王树军也成为装备智能化升级的领军人物。潍柴新一代高端产品采用全新4气门整体式气缸盖，其设计较前代产品实现革命性突破，加工难度也不可同日而语。为保证生产线平衡率，公司决定在导管阀座底孔工序启用3台斗山HM8000加工中心，以并行作业的方式生产。柔性加工中心以其多品种换型作业而独占优势，但工序间转换效率低，成为行业无解的诟病。而在王树军的字典里从来就没有“无解”这两个字，“跨工序智能机器人协同系统”成为他又一次大胆尝试。以闲置机器人为运载核心、增设地轨实现六轴运载向七轴运载的突破，同时辅以光感识别系统，实现物料状态的自动识别调整。随着该系统的使用，四气门整体式气缸盖加工效率一举提升 37.5%，高效高质的定制化生态成为这颗“中国心”的新名片。

2014 年，他仅用 10 天时间，成功改进进口双轴精镗床，解决了产品新工艺刀具不配套的加工难题，缩短了新产品的投产周期，节约购置资金 300 余万元。2016 年，他用 50 天时间，主持完成了气缸盖两气门生产线向四气门生产线换型的改造，改进设备 15 台套、改进工装 20 套，累计节省采购成本 1000 余万元。由他设计制造的“气缸盖气门导管孔自动铰孔装置”，解决了漏铰及铰孔质量差问题，每年创造效益 500 余万元，获得国家实用新型发明专利。“H1 气缸盖自动下料单元”有效解决了人工搬运工件及翻转磕碰伤问题，每年创造效益 850 万元，获得潍柴科技创新大会特等奖。“机体框架自动合箱机”“机体主螺栓自动拧紧单元”等 10 多项自动化设备成功用于生产，整体效率提升 25%，每年创造经济效益 2500 余万元。

德技双馨——做工匠精神的坚定践行者

不忘初心，大力弘扬工匠精神。王树军始终将忠诚企业放在首位。20 年前潍柴濒临破产的时期，他信念坚定，毫不动摇。在成名之后，山东电视台等省市媒体对他进行了大量宣传，很多企业高薪聘请，他始终不为所动。单位领导多次想让他从事管理工作，他也婉言谢绝，他常说的一句话就是“不忘初心、牢记职责，干好工作、心中快乐”。作为目前潍坊市唯一的齐鲁大工匠，他走出潍柴，通过言传身教，在社会上大力弘扬工匠精神，潍坊科技学院、潍柴大学聘请他为客座教授，并为他建立了工作室，定期为学生授课，每年培训学生 2000 多人次，影响和带动了大批青年人。

忠诚企业，毫无保留地传承匠艺。为企业培养高技能人才是王树军的另一项使命，他将自己总结的经验和方法倾囊相授，联合 5 名高级技师成立了创新工作分站，并通过首席技师大讲堂和潍柴网上学习平台与潍柴全球各子公司进行技术交流和技术培训。他每年授课达 240 课时，培养的学员个个成为装备管理的骨干。除了开展以技师讲堂为主的教、授立体式培训以外，他还在车间建立了技术成果交流推广机制，每月开展两次以典型故障、维修案例为题材的头脑风暴活动。他带的徒弟中，7 人获得技师资格证书，5 人获高级技师资格证书。2018 年，王树军两个徒弟分别获得全国机器人大赛、自动化控制大赛二等奖。

王树军作为潍柴工匠人才的一面旗帜，凭借精益求精、持之以恒、爱岗敬业、不断创新的工匠精神，为广大职工树立了一个正直进取、勤学实干、技能突出的榜样形象。他是千千万万坚守一线岗位，默默奉献的工匠缩影，他们正在为中国制造业自主创新、迈向高端不懈奋斗。

全国总工会宣教部供稿

不做“差不多工人”，只做技术大拿

郑　莉

胸前佩戴金色勋章，站立在北京人民大会堂小礼堂主席台上，耳畔是雷鸣般的掌声，他深吸一口气，缓缓捧起讲稿，朗声宣读：“我代表全国五一劳动奖获得者向全国广大职工发出倡议……”

4月23日，2019年庆祝五一国际劳动节暨全国五一劳动奖和全国工人先锋号表彰大会隆重举行。从受表彰的先进集体和个人中被选中，代表劳模宣读倡议书——这一切仿佛是梦境，但又真实发生在机修钳工王树军的身上。

王树军是山东潍柴动力股份有限公司一号工厂首席技师，专门负责“修机器”。但在国内柴油发动机领域，拥有如此平凡职业的他，却有着一串响当当的称号：发动机行业中高精尖设备维修保养的探路人和领军人，装备智能升级、智慧转型的引领者和推动者。

凭借精湛技艺，45岁的王树军登上中宣部和全国总工会联合发布的2019年“最美职工”光荣榜。

不做“差不多工人”

95秒，就有一台大功率低能耗柴油发动机下线；设计日产80台的加工中心，如今可以生产280台，生产效率是外国同行的4倍——

一号工厂里的“传奇速度”，来自王树军和团队对世界一流数控加工中心的一次次改造升级。但在20年前，这位技校毕业生还只是坐在工位上“等机器坏”的维修工，认为生产发动机只要“差不多就行了”。

1993年，王树军从技校毕业进入老牌国企潍坊柴油机厂。当时，改革风潮正盛，习惯计划经济的国有企业被推向市场。由于产品质量粗糙，潍柴效益一路下滑。

到了1998年，王树军和1万多名工友半年没拿到工资。这一年，新任厂长谭旭光在质量大会上，当着1000名员工的面，把100多台质量不合格的发动机全部砸烂。

“质量是企业的生命，设备是工人的饭碗。”王树军对维修工的看法被彻底颠覆。他下定决心：“不做‘差不多工人’，只做维修行业的技术大拿。”

几年后，为了提高竞争力，潍柴开始筹建拥有大批世界一流数控加工中心的一号工厂。2005年，参与筹建的王树军留在了这个新建工厂里，因为这里“可以学习的新技术最多，维修保养难度最高”。

2005年，潍柴从德国和日本引进了世界顶尖数控加工中心和加工单元。在某品牌加工中心调试过程中，废品率竟高达10%。负责调试的“洋权威”无奈请来了“土专家”王树军。经过认真研究排查，王树军提出解决方案，将废品率降到0.1%。

随后，王树军建议成立“中外联合设备调试小组”，输得心服口服的外国专家答应了。这标志着为中国维修人员打开了国外高精尖设备维修的禁区。以王树军为组长的中方调试小组，联合调试仅用了4个月就解决技术难题72项，积累近3万字的技术资料。

一号工厂的“首席技师”

在一号工厂，人人都知道首席技师王树军“胆子大”。他经手的机器每台都价值上千万元，一旦损坏，将给企业造成巨大损失。

王树军与同事分析图纸资料

王树军也常常后怕。但他知道，设备有缺陷，给企业造成的损失会更大。

随着设备服役时间增加，某加工中心的光栅尺频发故障。光栅尺相当于加工中心的“神经系统”，15 台加工中心有 45 支光栅尺，故障率竟高达47%。邀请设备生产商维修价格贵、周期长，严重影响生产。

“会不会是设计缺陷导致光栅尺损坏？”王树军的设想受到大家质疑：世界最先进的设备怎么会有设计缺陷？

王树军决心解决这个“顽疾”。王树军找到领导说了想法，领导立即拍板：“放手去干，出了事我兜着。”

这份信任给王树军吃了“定心丸”。整整一周，他满脑子都是设备原理图，做梦都在翻资料、画图纸。在对照资料查找问题时，他每次都需要钻到加工中心工作台狭小的底部。有时为了查找一个问题，他在里面一趴就是两个小时。

功夫不负苦心人，王树军终于找出问题根源，设计了一套全新的气密保护气路，成功取代了原设计，使设备故障率由原来的 47% 降到 1% 以下，年创造经济效益 780 万元，更填补了国内空白，成为中国工人挑战进口设备行业难题的经典案例。

在数控设备维修领域，王树军一路“过关斩将”，屡屡打破国外精密设备的维修垄断——

2012 年，独创“垂直投影逆向复原法”和“机械传动微调感触法”，成功为千分之一精度的进口加工中心排除故障；

2016 年，主持完成气缸盖两气门生产线向四气门生产线换型的改造，改进设备 15 台套、工装 20 套，节省成本 1000 余万元；

……

拥抱智能制造大时代

进入智能制造时代，机修工除了维修，还能做什么？王树军的答案是：推动装备智能化升级。

潍柴新一代高端产品进入四气门整体式气缸盖时代，加工难度也是革命性的。“跨工序智能机器人协同系统”成为他又一次大胆尝试：以闲置机器人为运载核心、增设地轨实现七轴运载，同时辅以光感识别系统，使加工效率提升 37.5%。

王树军的履历上有着一长串令人惊叹的成绩。但他说，要感谢身边的工友们。

——2013 年至今，他和团队改造潍柴 WP10、H1 高端系列柴油机生产线，升级半精加工设备为精加工设备 52 台，制造改制工装 216 台套，优化刀具刀夹 79 套，缩短市场投放周期整整一年，每年创造直接经济效益 1.44 亿元。

——以王树军名字命名的劳模创新工作室成立以来，开展的创新成果已达 144 项，改造、制造柔性设备线 5 条、自动化设备 109 台套，以职工名字命名的创新项目 65 项，实施重大创新项目 230 多项，累计创造经济效益 2.62 亿元。

为了让更多年轻人成为高精尖技术工人，王树军将自己总结的经验和方法倾囊相授，每年授课 240 课时，学员个个成为装备管理的骨干。其中，两个徒弟分别获得全国机器人大赛、自动化大赛二等奖。

“社会主义是干出来的，新时代也是干出来的，我们都是新时代的追梦人！”王树军脑海里一直回旋着倡议书中的这句话。无论摘得多少荣誉，王树军始终是那个“说起设备就滔滔不绝”的一线机修钳工，挑战一项项技术难题，把“不可能”变成现实。

《工人日报》2019 年 4 月 29 日

王树军：挑战不可能

房贤刚　孙京涛　刘冬青　任海军

42 岁的王树军是潍柴动力一号工厂的一名高级技师。1993 年从潍柴技校模具钳工专业毕业后入厂从事设备维修工作。他一门心思钻研业务，不到 10 年，就担任了负责 615 厂 4 个车间维修工作的维修班长。

2001 年，王树军利用业余时间回到当年学习的学校潍柴技校，参加工长技师班学习。他认为，这是他进步最快的一段时间，这次学习不仅使他在实践中遇到的所有疑难问题迎刃而解，而且培养了他解决更多、更难问题的思维方式与动手能力，奠定了他成为一名优秀工匠的基础。

2003 年 10 月，潍柴新工业园一号工厂建设期间，王树军负责设备验收及现场施工。他整天与外国技术专家打交道，不懂就问，任何一个问题，不彻底搞明白绝不放弃，搞得那些与他合作的老外甚至有些不胜其烦。尽管如此，他认为这样做是值得的。所以后来他负责维护那些当时最先进的数控设备时，基本做到了驾轻就熟，游刃有余。

加工中心的很多精密部件，譬如数控转台、主轴等，是生产厂家的核心技术，厂家既不提供相关资料，也不做任何培训，一旦发生故障，只能求助卖家，不仅维修费用昂贵，而且周期漫长。2012年下半年，加工中心一台定位精度是千分之一度的数控转台锁紧出现严重漏油现象，在等不及卖家专人上门、没有任何资料的情况下，领导安排他自己动手解决问题。王树军感受到了沉重的压力，他知道，这是在向“高精尖”设备无法自己维修、只能依靠生产厂家的“神话”挑战！当时，他只知道转台下安装有圆光栅、复合轴承及蜗轮蜗杆等精密传动零件，并且排列着用以调整工作台传动机构间隙大小的多级调整垫片，一旦打开，任何一点小失误，都会造成难以弥补的损失。王树军根据多年的工作经验，先绘制了理论上行得通的传动示意图，制定拆检思路，尽量人工拆卸，仔细做好标示拆下的每一个零件，并分析其与相关零件的关系，及时修整拆检思路。最后，终于成功发现故障点并顺利修复，不仅节省了维修费用，而且把对生产的影响降到了最低。卖家的工程师得知此事后，几乎惊掉了下巴，连说：“这怎么可能！”

2008年，潍柴产品供不应求，设备连轴转，几乎没有维护时间。就连加工中心的高精设备也适应不了这样的生产节奏，特别是12台海勒加工中心36支光栅尺频繁损坏，一年仅更换费用就达40余万元，而且严重影响生产。王树军下决心根治这一“顽疾”。当时正是三伏天，每天他都需要钻到加工中心工作台底部的狭小空间找问题，一待就是一两个小时，出来时浑身都是汗水和油污，腿脚都麻木得不能动弹。经过一次次排查，他找到了问题的根源，设计了一套独立气密保护气路，成功完成了对设备的改造，使光栅尺故障率由原来的 40% 降到 1% 以下。此后，王树军又完成了 GSA 机械手手爪定位夹紧装置、加工中心温控系统国产化等设备改进，无不让洋专家瞠目结舌。

2016 年 3 月，随着国家排放标准的不断提高，WP10 两气门柴油机已经不适合市场需求，王树军承担起了改造原有的两气门缸盖生产线、提升产能的重任。在 50 多天的时间里，他和同事们日夜奋战，完成了包括一台加工中心、两台精密枪铰机在内的 15 台（套）设备改造，达到了每天 150 台的生产能力，累计节省采购成本 700 余万元。而他设计制作的 WP9 缸盖自动上下料单元，不仅实现了无人值守作业，大幅提高了效率，节省了成本，而且杜绝了磕碰伤等质量隐患及安全隐患。

2013 年，潍柴成立了以“王树军”命名的首席技师工作室、劳模创新工作室，肩负着设备自动化、智能化改造的使命，全程参与项目的立项、审核、设计、制作、安装、调试，打破了维修与设计的界限。他先后完成了阿特拉斯、德国 SEW 以及西门子 3 套不同控制系统的集成及开发应用，日本安川机器人单元集成及程序开发应用等。他改造或制作各类自动化设备 81 台，每年可为企业节约成本近 1000 万元。发动机试验间大功率引风、送风电机温度实时监控系统的普及推广等项目走在了行业的前沿。工作室先后被命名为“山东省劳模创新工作室”“全国机械冶金建材系统示范型职工（劳模）创新工作室”。王树军本人也获得富民兴鲁劳动奖章、山东省机械行业十大工匠等荣誉称号。

《大众日报》2016 年 12 月 7 日

ZUIMEI ZHIGONG

最美职工

2019

黄金娟

黄金娟：专注创新于电力计量工作一线

黄金娟，1964 年 12 月出生，中共党员，大学本科学历，现为国网浙江省电力有限公司电力科学研究院计量中心高级工程师、高级技师。她扎根电力计量检定生产一线 30 多年，始终不忘“人民电业为人民”的初心，以一颗精益求精的无私匠心在保障民生计量公平公正的技术领域里燃烧自己的所有青春和梦想，几十年如一日，默默坚守、无私奉献，在小专业中干出了令人瞩目的大成就。

她牵头创建电能表智能化计量检定作业工法，实现了电力计量检定技术的跨越式发展，革新了作业模式，推动了我国计量检定技术整体进步，受到了国内外专家同行的高度认可，因其突出的技术水平和应用成效获得了 2017 年国家科学技术进步二等奖，成为有史以来工人农民技术创新组首位获奖女工，被 2018 年中央电视台《大国工匠》第六季专题报道。

黄金娟累计取得发明专利 63 项，获得国家电网公司科技进步一等奖、浙江省技术发明二等奖、中国专利优秀奖、浙江省专利金奖等省部级奖励 10 余项，一步步成长为电力行业兼具高超技术水平和模范影响力的典型工匠标杆。

守初心，担当奉献，专注敬业

从业 30 多年，黄金娟始终以事业为重，奋战在电力计量检定第一线。2010 年，在建设首套智能化计量检定系统攻坚任务中，时年已 46 岁的她毫不犹豫服从组织安排，毅然离开工作生活了半辈子的故乡绍兴，调到嘉兴建设基地担任技术总负责人。与家人长期两地分居，她全身心投入项目建设，夜以继日的高强度奋战，导致她多次累倒在试验台上，甚至出现消化道大出血。任何困难都未曾动摇她为心爱的事业和认定的目标奋斗的坚定信念，无私的付出最终结

黄金娟在计量检定自动化流水线上检查接拆线装置（陈天文　摄）

出了硕果。2013 年，受强台风“菲特”影响，宁波余姚 70% 以上的城区受淹，电力设施受损严重。当时黄金娟因消化道旧疾复发刚动完手术，听闻消息便紧急出院，谢绝了单位和家人的善意关怀，第一时间投入到抗击台风、驰援灾区的电能表紧急配送工作当中……在其工作的数十年里，舍小家顾大家，为工作贡献自己的全部精力已深深地烙印在黄金娟的心头，成为无需犹疑的责任使命和源源不竭的前行动力。

悟初心，创新为本，勇立潮头

2006 年，面对电能计量管理机制改革和电能表更新换代带来的表计检定量井喷式增长，作为浙江绍兴电力局计量中心检定班长的黄金娟敏锐地意识到，传统依靠人工为主的电能表计量检定模式无论在效率、质量还是安全性方面都无法满足时代的发展要求，矛盾将越来越突出，必须要改变！基于多年的经验积累和深入学习，在一番深思熟虑后她大胆提出了“计量检定机器换人”的想法，并一步一步探索形成完整的技术方案。在取得单位的支持后，她带领两名徒弟从家中研究起步，开始了长期边学边做，边生产边研究的奋斗历程。整整 3 年，克服了数不胜数的艰难困苦后，终于在 2009 年 3 月成功研制出了首套全自动计量检定工程样机，引起了行业内外的一时轰动。两年后，她带领团队又成功研发国内外首套大规模全自动的电能表智能化计量检定系统，年检定能力达到了 640 万只。经第三方检测鉴定，系统整体效率提升了 58 倍，人员精减 90% 以上，检定可靠性达 100%，实现了计量作业模式的巨大变革。目前，该成果已在国内全面应用，并推广到丹麦、韩国、马来西亚等9个国家，实现直接经济效益20余亿元，为我国计量检定技术走向世界奠定了坚实的基础。

践初心，业精于勤，传承无价

黄金娟立足电力计量领域，通过岗位实践不断提升业务技能和创新能力，自1992年参加全国电能技术比武，自创“目测法”取得计量检定专业第二名，获得“全国电力技术能手”以来，她不断学习钻研，取得了多方面的突出业绩。牵头起草15万字计量管理体系，成为沿用至今的浙江省计量管理范本，为全省地市级计量中心授权考核作出了重要贡献；主导编写省市级计量中心电能计量相关标准，牵头开展全省二三级表库智能化建设任务，有效推动了全省计量管理水平的整体提升；创新性提出了省级计量中心“四线一库”建设总体思路以及计量SIM卡智能化管理、拆表存度复核大数据分析等前沿理念和技术方案，相关成果已在浙江电力全面应用并在国网系统内推广实施；牵头完成SG186营销信息系统电能计量模块的搭建等，在专精业务的同时，黄金娟通过“劳模工作室”的平台，始终不忘将自己的经验、感悟梳理沉淀。她牵头编制电力计量管理体系，出版《电力计量集约化创新与实践》《电能计量资产全寿命周期管理》等专著4部，发明了智能化电力计量检定系统、智能化计量仓储系统、计量SIM卡智能管理系统等实用化成果20余项，建立技术标准11项，通过标准的形式将自己的技术成果公开，将多年积累的技能和经验毫无保留地传授给年轻人，培养了一支特别能战斗、特别能吃苦、特别能奉献的电力计量骨干团队。

眼下，黄金娟又带领团队向着另一个更高的目标出发了，那就是申请建立电能表智能化计量检定技术的国际标准，广泛调研、收集资料、开会研讨……新一轮长期又艰苦的探索之路已然开启，为“中国标准”国际化运用执着追梦，向上而行！

全国总工会宣教部供稿

"一项创新，效率提升了近60倍"

——一位电力女工的创新与匠心

朱 涵

浙江省杭州市一间电能表智能化检定室里，蓝色的机械手臂有节奏地摆动，下方的流水线上，一排排灰色的电能表正有序地开展检定检测。3000平方米的空间里，除了两三个巡检人员，几乎看不到其他工作人员。

这是国内首套全自动的电能表智能检定系统，这套系统使电能表的检定能效由人均每天80只提升至人均每天4700只，检定可靠性从98%提升至100%，人员精减90%以上。

这套系统的发明者黄金娟今年54岁，是国网浙江省电力有限公司计量中心的高级技师。

1984年的夏天，20岁的黄金娟走出浙西电力技校，成为一名普通工人，每天的工作是站在密密麻麻的各种接线前，眼睛一刻不停地盯着刻度与报表，快速校验比对，再一一将电能表与接线连接、检定。

"检定的任务越来越繁重，我们每天上班都是在重复机械操作，比如要把每块表上的螺丝一颗一颗地拧紧。几年的螺丝拧下来，很多人的胳膊都落下了伤痛。”黄金娟说。

传统的电能表检定，需要人工挂表、接线、巡检、加封等，大量机械性重复劳动不仅效率低下，差错率高，高电压、大电流的作业环境给操作员的人身及设备都带来安全风险。

黄金娟慢慢意识到，传统的电能表计量检定模式，不管是检定质量还是检定效率，都无法匹配实际需求，必须寻求新的自动化检定技术突破。为了实现自己的想法，2007 年，她利用休息时间开始琢磨起电能表智能化检定方案。

这项技术在国内外都没有先例。研发过程中一个个技术难题接踵而来，首当其冲的就是自动接拆线装置的研发。“自动接拆看似很简单，它就一下子、一个动作，但是里面涵盖了好几项专利和核心技术。”黄金娟说。一个看似简单的接线柱多曲面的设计，黄金娟就用了将近 6 年。

在研发工程最关键的那几年，黄金娟的生活就在实验室、办公室、宿舍三点一线之间往返，通宵分析、测算、试验成了家常便饭。她带领团队前前后后开了 120 多次的协调会，在一次次推倒、一次次重来的过程中改进技术方案，手绘图装了三大麻袋。

黄金娟一丝不苟、求真钻研的敬业精神感染了团队。每到晚上，黄金娟的工作室里总是灯火通明，映透出团队成员们在攻坚克难的身影。

如今，电能表智能检定系统已经累计检定检测表计 1.8 亿只，推广效益达 17.93 亿元。此项技术也已广泛应用于全国 28 个省份，并在丹麦、韩国、马来西亚等九个国家得到推广，甚至跨行业延伸应用于水表、燃气表等性能检测领域。在 2018 年 1 月 8 日，这项突破还获得国家科技进步奖工人、农民技术创新组二等奖。

“我是个闲不下来的人，在岗位上工作，总会发现新问题。作为一线工人，立足岗位，解决实际工作中的种种困难，每次进步一点，就是一种创新。我这一辈子就是集中精力干好这一件事。”黄金娟说。

新华社杭州 2018 年 5 月 1 日电

匠心与创新融合　让梦想照进现实

——《电能表智能化计量检定技术与应用》获国家科技进步奖侧记

张岩　王郁

2018年1月8日，2017年度国家科学技术奖励大会上，来自国网浙江省电力有限公司的黄金娟，作为国家科技进步奖自设立以来首位获奖的女性工人，其完成的《电能表智能化计量检定技术与应用》获国家科技进步奖工人、农民技术创新组二等奖。

当现代智能化、自动化与传统计量检定作业碰撞出火花，当工人匠心与创新实践相促相容，一场引领我国计量检定行业划时代发展的技术革新在一名浙江电力计量检定工人的脑海里悄然萌发，在浙江电力的计量基地生根发芽，最终结出的硕果走在了行业前列、走向了国际舞台，站到了国家科学技术奖的奖台。

筑梦——慧眼独具

电能表应用于千家万户，是居民、企业电力结算的计量仪表，

黄金娟与同事在计量检定自动化流水线探讨问题（张岩　摄）

其计量准确性一直是社会民生的关注热点。

目前全国运行电能表逾 5.13 亿只，每年检定量多达 8000 余万只。传统的人工检定存在资源投入巨大、人员带电作业潜在安全隐患、易产生人为误差影响检定质量、检定效率低下等缺陷。

自参加工作就投身电能表计量检定生产一线的黄金娟敏锐地意识到传统的电能表计量检定模式无论是检定质量还是检定效率均已无法匹配实际需求，随着时间的推移，矛盾必将更加突出，她一直在思考寻求突破。

几经考量，几经思索，2006 年，她脑海中慢慢萌发出利用自动化控制技术实现电表智能化检定的想法。当时在很多人看来，这种想法很大胆，但是却无异于天方夜谭。但她没有因此而改变自己的想法，她的自信源自 20 多年来的经验积累、细心观察和不断思考。

为了尽快找到合作伙伴，黄金娟开始马不停蹄地奔走于电表制造商之间，无奈结果都是她朝厂家招招手，厂家向她摇摇头。

“这么多生产电能表标准装置的厂家都做不来，那这套电表检定系统必须得定制了。”她一边将发明想法一步步充实为详尽的技术方案，一边收集国内外最新行业动态，向业内专家和厂家虚心请教学习。几经努力，终于找到了理想的合作伙伴。

逐梦——创新路上　漫漫求索

2007 年，黄金娟制定了电能表智能化计量检定的总体思路。接着，她家里的半张乒乓球桌就成了她和两个徒弟很长一段时期内的试验台，师徒常常工作到深更半夜。成功研制出第一代电能表自动化检定流水线后，她并没有止步，而是一边完成日常生产任务，一边开展智能化检定技术优化完善研究。

“她的学习劲头和认真程度惊人，刚毕业报到那阵，看到年近五十的她拿出的一本笔记本，上面全是手抄的编程语言，密密麻麻的英文单词下面都是中文注释。我震惊了！”她的徒弟严华江这样回忆道。

“任何一个环节出问题，整个流水线都有可能停摆。要真正实现全过程无人工干预，必须注意细节。”黄金娟讲述起当时的几个至关重要的“小事”：为了获取自动接拆线的气缸最佳推力值，连续试验了数千次；为了实现自动加封、提高防伪性能，提出多套设计方案并反复验证……

在单位的支持和团队的帮助下，她和她的团队在 2009 年建立了工程样机，2010 年带领团队试点应用，历经 3 年努力，建成了国内外首套大规模检定系统。检定能效由人均 80 只 / 日提升至 4700 只 / 日，检定可靠性从 98% 提升至 100%。

圆梦——花开满园

该项目成果率先在国网浙江公司应用，据专家鉴定计算，年检定能力达到了 640 万只，检定可靠性 100%，整体效率提升 58 倍，人员精减 90% 以上。项目成果鉴定委员会认为该成果达到了国际领先水平。

项目成果研发了 11 个自动化模块，首创了电能表计量检定智能化作业工法。发明了同步接拆、新型封印、智能移载 3 项核心技术，突破了计量检定关键环节由人工转为自动化的技术瓶颈。研发的基本检定单元通用节拍测算工具保障了全自动检定系统合理高效运行。应用无线射频识别电子标签实现了检定全过程智能控制、远程跟踪、溯源纠错。

曾经在黄金娟脑海里播下的一颗种子，如今终于成为参天大树，并留下满园芬芳：成果获授权美国专利 2 项，发明专利 18 项，实用新型和外观设计专利 21 项，软件著作权 8 项。核心专利获中国专利优秀奖、国际发明展览会金奖……

同时成果以技术标准的形式推广至全国 26 个省级计量中心，累计检定检测表计 1.80 亿只，国家电网公司认定推广效益达 17.93 亿元。

专利许可的多家自动化设备制造企业，累计生产自动化检定装置 277 套，检定系统 40 套，远销至丹麦、韩国等 9 个国家，以及湖南威胜等40余家国内主流的电能表制造企业，近3年实现直接经济效益1.9亿元。为我国计量检定技术走向世界奠定了坚实的基础。

不止于此，成果还在浙江多家计量表计制厂家成功延伸应用于燃气表、水表检测，为提升电、水、气等计量仪表的质量水平提供了有效的解决方案。

执着——一种力量

黄金娟长期扎根于电力系统计量检定领域，默默耕耘33年，对于质量和效益永无止境的追求、对计量事业的坚守推动着她不断探索前行。

1992年，从事计量检定工作还不满3年的黄金娟参加国家能源部“首届全国电力技术比武大赛”时，她没有退缩过，连续几个月学习到深夜，不断补足自己的短板，一举拿下了全国第二名，被国家能源部授予“全国技术能手”称号。

2010年起，为完成国网系统内首个区域计量中心智能生产系统的建设任务，长期无法照顾家庭，她从没有动摇过，而是毅然接受使命，带领团队克服困难，严格把控各个环节，使建设任务超前完满收官。

“女儿从小住校读书，自幼比较自律，牵挂归牵挂，忙不过来，她的学习辅导大部分只能靠爸爸来承担。但从小我就跟女儿说，做事要认真，要有计划。”在事业和家庭的天平上，黄金娟始终倾斜于令其钟爱一生的电力计量事业。

2013年10月，受强台风“菲特”影响，宁波余姚70%以上的城区受淹，电力设施受损严重。她没有犹豫，动完手术后第一时间投入到抗击台风、驰援灾区的电能表紧急配送工作当中。

正是凭借着这种执着与毅力，这位技校毕业、未受过正规高等教育的一线工人从实践中千锤百炼，成为计量检定领域的全国技术能手、浙江省五一巾帼标兵、浙江百名工匠、国网电网公司特等劳模，首创了智能化计量检定技术，带领团队研发国内外首套电能表全自动智能检定系统，引发了行业轰动。

向前——同舟共济　同心勠力

《电能表智能化计量检定技术与应用》项目经中华全国总工会推荐，参加 2017 年国家科学技术进步奖评选。近年来，国网浙江省电力有限公司积极推进创新驱动发展，深化创新体制建设，完善内外协同。国网浙江电科院也把自主创新作为推动发展的着力点，统筹资源配置，强化人才培养和激励，该项目就是国网浙江电力及国网浙江电科院这一发展战略和举措结出的硕果。

整个申报过程时间紧、任务重，是一项不折不扣的系统工程，也是国网浙江电科院乃至国网浙江省电力有限公司在科研报奖领域的一次创新与挑战，得到了全国总工会、浙江省总工会、国家电网有限公司等多家单位的大力支持以及多领域、各方面专家的细心指点。

整个申报过程自 2015 年年底启动，至 2017 年 7 月 20 日通过行业咨询。国网浙江电力有限公司及国网浙江电科院主要负责人高度重视，成立了由国网浙江电科院分管领导挂帅、相关科技骨干全程参与的申报小组，举国网浙江电科院全院之力，在国网浙江省电力有限公司的大力支持下，历时 18 个月的申报过程，重复着“提炼、讨论、修改、审查”的节奏，各种版本的过程材料不计其数。其间，有成功的欢笑，也有失落的沮丧；有深夜不息的灯光，也有行色匆匆的脚步……各种滋味是每一个参与其中的成员难忘的经历和宝贵的财富。

“黄金娟的执着和奉献成就了她今天的辉煌，也感染着其他人，包括不因女儿中考及儿子出生影响申报工作的李凤瑞副总工、消化道大出血提前出院坚持整理材料的小孙、把婚纱照拍摄日期一拖再拖的小蒋和忙前忙后从无怨言的小韩。我为他们的付出和坚持而感动，更为他们取得的成绩而骄傲！”担任申报小组组长的国网浙江电科院周自强副院长回忆着申报过程，不由得湿润了双眼。

钱塘潮水，奔流不息。勇立潮头，探索不止。

“获奖无疑是对我莫大的肯定与鼓励，但它不是一个终点，而是我探索下一代智能电能计量检定技术的开始。”黄金娟话语平实，语气坚定。

《科技日报》2018 年 1 月 11 日

黄金娟：将电能表检定效率提升 58 倍

江　耘　洪恒飞

“最近在忙着‘国际标准’的立项工作，我们研发的电能表智能化计量检定技术，虽以专利许可方式在丹麦、韩国、南非等国家得到了推广，但通过参与国际标准的制定，能更好地走出国门。”仅凭黄金娟的回答，很难看出这位执着于技术创新的女工匠即将退休。

研发出国内首套电能表全自动智能检定系统，令电能表检定的工作效率提高了 58 倍，检定准确率达到百分之百……2017 年，凭借在电能表计量检定领域的技术突破，国网浙江省电力有限公司高级技师黄金娟荣获国家科技进步二等奖，并成为首位获得该奖项的女性工人。

“我原本就是从事电能表计量检定的一线技工，为确保检定的准确性、提升工作效率，35 年来都只是在做好本职工作。”在黄金娟看来，在岗位上尝试创新，并从中实现自我突破，这一相辅相成的过程，将是她最为充实的回忆。

1984 年，时年 20 岁的黄金娟走出浙西电力技校，被分配到绍兴电力局从事计量检定工作。每天一刻不停地盯着电能表的转盘计数、处理密密麻麻的接线……大量重复性、机械性劳动使她身心俱疲，以技术创新令电能表检定更高效准确的想法也开始孕育。

为此，在早期工作中，黄金娟便以全身心投入的状态，提前完成每日工作量，挤出更多时间看书学习。1992 年，国家有关部门举办“首届全国电力计量技术比武大赛”，黄金娟为此连续数月学习至深夜，补齐自己的短板，最终以全国第二名的优异成绩，获得“全国技术能手”称号。

黄金娟回忆道，借助那场高强度的赛事，自己对创新的理解和兴趣进一步加深，也影响了自己此后对计算机的钻研。20 世纪 90 年代末，计算机在国内逐渐普及，黄金娟结合工作需要，还学习 SQL 语言进行过资产信息的统计与分析。

2006 年，浙江省电力公司内部管理提升，取消县级计量检定部门，地市供电公司检定班组的工作任务成倍增长。这令黄金娟意识到，“电能表智能化计量检定”的想法须尽快付诸实践。

“此后，通宵分析、测算、试验就成了我们团队的工作常态”。2009 年 3 月，黄金娟率团队成功研发了世界首条电能表智能化检定流水线，检定全过程无人工干预，减少人工 80%，效率提升 18 倍，每年节约运营成本达 350 万元。

“电能计量的准确性关乎国计民生。”黄金娟表示，这促使团队成员们不断探索，电能表自动化检定流水线也得以持续优化迭代，衍生出了 120 余项专利，直至获得国家科技进步奖这一殊荣。

对于旁人认为的“一举成名”，黄金娟始终不以为然。她认为，无数个设计方案被推倒、重建，以及技术的应用磨合等难题，都依靠团队共同努力，这是集体智慧的结晶。

截至 2018 年，这一成果已在国网浙江省电力有限公司以及经专利许可的多家自动化设备制造企业应用，近 3 年实现直接经济效益 1.9 亿元。同时项目以技术标准形式推广至全国 26 个省级计量中心，国网公司认定推广效益达 17.93 亿元。

“再有 9 个月我就正式退休了，现在已开启倒计时模式。在此之前，自己会集中精力促成国际标准的立项。”黄金娟表示，虽然后续的研发完善得由年轻的科研人员接力。一旦有需要，自己也会随时返回科研一线。

《科技日报》2019 年 7 月 10 日

扎根电力计量一线的铿锵玫瑰

邹倜然　汪金荣　沈王平

国网浙江省电力公司电力科学研究院高级工程师、高级技师黄金娟身材瘦小、颧骨高高、眼睛炯炯有神。她躬耕三十余载，成功研制了世界上首条电能表自动化检定流水线，实现了电能计量自动化检定从无到有的突破。

2017 年，电能表自动化检定流水线项目荣获国家科技进步二等奖，黄金娟也成为工人农民技术创新组首位获奖女工。黄金娟用 34 年的专注与坚守，生动注解了工匠精神。

1984 年夏天，年仅 20 岁的黄金娟走出浙西电力技校，来到绍兴电力局开始从事电能表的实验室计量检定工作。黄金娟每天做的工作就是站在密密麻麻的各种接线前，眼睛一刻不停地盯着刻度与报表，快速校验比对，再一一将电能表与接线连接、检定。

她这一站，就站了几十年。2006 年，在当时电力系统普遍实行人工检定的大环境下，黄金娟敏锐地意识到，传统电能表检定方式已无法匹配实际需求，必须寻求新的突破。经过不知多少个日夜研磨，她脑海中慢慢萌发出利用自动化控制技术实现电表智能化检定的想法。

然而，这在当时并不被周围人认同，很多同行感觉难度太大。“既然是研究发明，就应该允许失败！”为了尽快找到合作伙伴，黄金娟开始奔走于电表制造商之间，从丹东，到深圳，再到南京，一个多月走下来，四处碰壁。

重重困难，没有磨灭黄金娟心中的理想。“那么多生产电能表标准装置的厂家都做不来，我们这套电表检定系统必须得定制了。”黄金娟迅速调整方向，确定了以自动化控制为主带动电能表自动检定流水线的思路。她一边将想法一步步充实为详尽的技术方案，一边继续了解国内外最新行业动态，收集资料、做功课，向业内专家和厂家技术人员虚心请教。终于，她找到了理想的合作伙伴。

孜孜不倦地攻关，最终有了回报。在黄金娟带领下，科研团队成功研制出国内首条电能表自动化检定流水线，于 2011 年实现了电能计量检定效率较传统人工提升了 58 倍，检定准确率更是达到了百分之百，实现了电力计量检定技术的跨越式发展。

“只要身在工作岗位，黄金娟一贯的作风就是工作之中零差错、各项工作无小事、当细心精心。”当初一起参与流水线建设，现任国网浙江电科院计量中心检定室主任的徐永进表示。

“工作细节太重要了！任何一个环节出问题，整个流水线都有可能停摆。”徐永进讲述了当时几件至关重要的“小事”：为了获取自动接拆线的气缸最佳推力值，连续试验了数千次；为了实现自动加封、提高防伪性能，提出多套设计方案，并反复验证其可靠性和安全性……讲到动情之处，徐永进还伸手比画起当初做试验的情景，“为了让机械手顺利拿出表计不粘连内膜，我们还反复调整了上百次抓取顺序和表计排列。”

“创新来源于生产实践，创新不仅仅只是高大上的东西，我们要善于观察、勤于思考，要勇于提出自己的新想法新创意。”这句话黄金娟时常挂在嘴边。

有了这么多的成就和荣誉，又临近退休，黄金娟却依旧奋战在计量一线。

2018 年，为了推进浙江省二三级智能表库建设，帮助基层解决实际问题，黄金娟又开始了各地奔波调研。“她工作起来比我们年轻人还要拼。”跟着黄金娟一起建设二三级表库的团队一位年轻成员说：“有时候时间紧，任务重，我们需要一天跑好几个地方，连轴转。一次出差途中，她由于过度疲劳，摔倒并出现了休克。但从医院回来后，她身体稍微好转一点，就立马又投入工作。”

黄金娟不仅严格要求自己，而且也注重人才培养和团队建设。“和别的领导、师傅不同，刚参加工作时黄主任就让我们去基层一线锻炼，过一段时间就来问问我们有没有从实践中发现问题。对于刚走出校门的我们来说，这样锻炼，成长得更快。”下属严华江说。黄金娟说：“今后事业终究是要靠年轻人的，趁现在自己还有余热，能发挥就尽量发挥出来。”

《工人日报》2019 年 4 月 30 日

ZUIMEI ZHIGONG

最美职工 2019

石登高

石登高：矢志扶贫的“玛汝队长”

石登高自2017年3月担任十八洞村驻村扶贫工作队队长以来，牢记职责使命，始终坚持共产党员的标准严格要求自己，时刻战斗在扶贫攻坚第一线，在精准扶贫工作中创造性地开展工作，积极探索可复制、可推广的十八洞村精准扶贫模式，驻村以来该村先后荣获“全国文明村”“全国民族团结进步创建示范单位”“中国美丽休闲乡村”等殊荣。2018年，全村人均纯收入由2016年的8313元增加到12128元，集体经济收入从2016年的7.5万元增加到53.68万元，精准扶贫成果进一步巩固，村容村貌发生了巨大变化，人民生活水平显著提高，十八洞村村民昂首阔步地向小康迈进。

突出党建引领，筑牢战斗堡垒

在进村之初，石登高通过认真分析、倾听意见，认识到只有建强党支部这个核心，充分发扬党内民主，才能够改变十八洞村贫困落后的面貌。为此，他从配强班子入手，想方设法提升党组织的凝聚力，团结一切力量，投身精准扶贫。

一是激发动力。以前，十八洞村村民党员意识淡化、身份异化、作用退化现象比较严重。干部干工作不冷不热，干群关系不好不坏，经济发展缓慢，村里面貌依旧，党员的文化素质、经济意识和政策水平与新形势的要求相距较远。为有效推进精准扶贫工作，十八洞村党支部在支委换届选举中推行“两述两评”制度，把讲政治、有文化、“双带”能力强、群众信任的能人选进班子，筑牢了基层党组织的战斗堡垒。班子选定后，反复开务虚会，分析现状，统一思想，又逐一找党员谈话，在充分听取意见的基础上，党支部定目标定规矩，党员领任务。全村党员不论年纪大小、能力强弱，从自己力所能及的实际出发，编组到全村 6 个党员责任区，组建党员志愿服务

石登高在讨论扶贫工作

队、青年突击队，义务出工、结对帮扶，化解多起邻里纠纷，以实际行动赢得了群众认可。此外，十八洞村党支部还建立村干部坐班、为民服务全程代办、民情联系卡等党员干部联系服务群众制度，做到“群众有呼声，干部有应答”“群众有需求，党员有行动”，群众对村支两委的满意率由68%上升到现在的98%。

二是凝聚合力。不断提高党员贯彻执行党在农村各项政策的能力，民主管理、依法办事的能力，带领群众发展经济、增收致富的能力，做好群众工作、促进社会和谐的能力。十八洞村党支部每月集中学习不少于1次，采取中心发言、专题讨论、经验交流、工作讲评和专家辅导等方式，增强学习效果，形成干部经常受教育的长效机制。现在，村推动工作，“党员带头、群众随后”“做事有人帮，讲话有人应”，个个冲锋在前，各项事业推动有力。

三是增强战力。积极探索“互助五兴”基层治理新模式：学习互助兴思想、生产互助兴产业、生活互助兴文明、邻里互助兴和谐、绿色互助兴家园的“互助五兴”，努力建设一支优秀的农村党员队伍。以提高素质为重点，抓紧抓好党员队伍建设这一基础工程。注重从务工返乡创业人员、产业大户、大学毕业生、退伍军人等优秀人员中挖掘能人。几年来入党积极分子从4人增加到18人，3名产业大户、2名经商能手、2名大学生进入村“两委”班子，成为脱贫攻坚的生力军。

四是增强向心力。党务公开是党内民主的前提。石登高将党员发展、党费收缴、党内各类先进评比、年度目标任务、发展党员工作流程图、民主评议党员等情况公开，进一步落实党员对党内事务的知情权，增强党的工作透明度和公信力。同时他坚持和完善村民会议或村民代表会议制度，严格制定议事内容和议事规则。他强力推行“四议两公开”工作法，凡是涉及农村发展和农民利益的重大事项，必须经过党支部委员会提议，村“两委”商议，党员大会审议，村民代表大会决议；批准实施的事项，要将内容公开，将实施结果公开，坚决纠正不顾群众意愿而由几个干部自行其是作决定的做法。

突出内生动力，增强脱贫主动性

在脱贫攻坚中，石登高发现扶贫要先扶志（扶智），要把村民思想教育摆在首位，让贫困主体意识到“贫困不光彩，致富才舒心”，从而产生脱贫致富的强烈愿望。为此他走村串户个别访谈，帮助群众克服人穷志短、“等着政府带我进小康”等小农意识，使大家明白要靠自己勤劳的双手脱贫致富。村党支部以勤劳致富、热心公益为主要内容，开展村民星级评比，以组为单位互相评分，激发荣辱心、责任感；开展道德讲堂，用身边的榜样感化大家，先后宣传火车轮下英勇救人的 90 后青年龙兴刚等 8 名先进典型人物。每年 11 月 3 日，也就是习近平总书记到村的日子，村党支部表彰优秀村民，举办文艺晚会，邀请脱贫致富的先进典型讲座或与群众视频交流。通过这些，群众脱贫致富的愿望更强烈了，劲头更足了。村民施全友以前家里穷得揭不开锅，40 多岁还是单身，习近平总书记在他家召开座谈会时连 5 条凳子都找不齐，后来村里帮他整修了房子，办起了农家乐，现在年收入 20 多万元，还娶上了媳妇，生活过得美滋滋。

突出产业发展，夯实致富基础

近年来，村里制定了《十八洞村村规民约》《十八洞村精准扶贫规划等》，扎实推进村寨建设、产业建设和民族文化建设。曾经的十八洞，人均耕地面积仅0.83亩，村里没有多少产业，2012年全村只有417亩水稻、100亩玉米、300多亩烟叶，全村总收入仅140万元，集体经济也是空白。石登高始终按照习近平总书记“把种什么、养什么、从哪里增收想明白”的指示，因地制宜发展当家产业，形成了乡村游、黄桃、猕猴桃、苗绣、劳务输出、山泉水等“旅游+”产业体系。其中：“飞地经济”发展的千亩精品猕猴桃基地，产品实现港澳直通；苗绣合作社让留守妇女在家门口就业，2017年实现产值26万元；全村还有300多名劳动力到协作对口帮扶的深圳、广州等地转移就业，直接增收600余万元；引入的“步步高”投资山泉水厂，每年将按“50+1”形式给村集体分红。现在十八洞村全村200余农户的房前屋后全铺上了青石板，家家通上了自来水、户户用上了放心电，还建设了村级游客服务中心、停车场、观景台、千米游步道，升级改造了村小学和卫生室，建立了村级电商服务站、村级金融服务站，无线网络覆盖全村。十八洞村村民欢唱起“苗家住在金银窝，境内自然资源多，精准扶贫来领航，户户脱贫奔小康”。

成绩属于过去，石登高正以满腔的热情带领全村人民向乡村振兴模范村，美好生活示范村的美好目标阔步前进。

全国总工会宣教部供稿

“为村民打牢长富久富的基础”

——十八洞村扶贫队长石登高的“新使命”

张玉洁　周　勉

2017年2月，湖南十八洞村宣布退出贫困村。2018年，当地老百姓的人均纯收入从2013年的1668元涨到了12128元。

十八洞村脱贫后一个月，花垣县财政局干部石登高以第一书记的身份到村，不久担任驻村扶贫工作队队长。“我见证了十八洞村变化最大的时期。”他说，“村子脱贫后要发展，我的‘新使命’就是要为村民打牢长富久富的基础。”

立秋后，地处武陵山脉腹地的十八洞村天气依旧炎热，在村民的带领下，我们找到了正在忙碌的石登高。这一天，他的“工作日历”排得满满当当：开每周例会、走访困难村民、了解村里蔬菜合作社的销售情况、跟村民讨论创业“规划”、查看村里的“厕所工地”……

早上8时，石登高已在村部跟村支“两委”和村民代表开始了每周例会。散会后，石登高告诉记者，他们在讨论近期需要研究的十八洞核心景区梨子寨的风貌改造，还有部分村民反映的具体问题以及“厕所革命”配套工作的后续安排。

会议结束后，石登高顶着烈日来到距村部4公里外的飞虫寨，村民石昌付正在家中等他。走访困难群众，为他们解决生活问题是石登高每天工作的重点之一。

69岁的石昌付和老伴住在村里，儿子常年在外务工。今年4月，有了些积蓄的老人开始修建新房，水电问题却迟迟没有解决。得知老人的困难后，石登高帮忙联系了电力公司，又安排工人铺设水管。

一番交流后，已近正午，石登高身上的白色苗服已经湿透。回到村部，他匆匆喝了口水，又立刻起身走了，“有村民约我去小溪洗澡，我去去就回！”

“这里的苗族老乡不好意思直接表达想法，队长去跟村民洗澡，肯定是要商量什么事。”见到记者满脸疑问，工作队的同志解释。

一个小时后，等石登高回来一问，果不其然，原来是有位村民想搞个旅游项目，希望石登高帮他出谋划策。“大家有干事的积极性，我作为队长，要全力支持，更要鼓励这种精神。”石登高笑着说。

整理好衣服，顾不上吃中午饭，记者又跟着石登高一路快走，他要去见村里负责厕所改造的刘青长，叮嘱他确保工程质量。十八洞村的“厕所革命”从2018年3月开始，目前已经进入扫尾阶段，前期村民反映的问题都要在这个阶段解决。

“乡村游是帮助十八洞村未来发展的重要产业，要是游客来了看到村里厕所有质量问题，他们会怎么想？”石登高耐心地说，刘青长在一旁不住点头，“你放心，我一定把这个工程当成自己家里的事做！”

好不容易回到村部，我们气还没喘匀，石登高又接到电话，要立即赶往湘西州府吉首市，商讨十八洞村的村容村貌提质问题。他说，这是关系未来村民生活质量和乡村旅游发展前景的大事。

“本来还想去查看村里蔬菜合作社的销售情况，只能回来再看了。”说完，石登高就上了车。

“他到十八洞村的这两年，基本上每天都是这个工作状态。”十八洞村支书龙书伍告诉记者，石登高刚来时白白净净，看着很斯文，村“两委”不少人担心他做不好基层工作，现在大家都佩服他了。

十八洞村脱贫后，在石登高的张罗下，一家企业进村投资办起山泉水厂，村民进厂当了工人，就这一项，村集体也有了至少 50 万元的年收入。

2018 年，围绕发展乡村旅游这条主线，按照“农旅一体化”的思路，石登高带领村干部对全村资源、资产进行整合，着力打造“旅游 +”产业体系：流转闲置土地，制定旅游规划；将全村旅游资源打包，成立旅游开发公司进行统一开发；注册“十八洞”商标，打造生态农业，“十八洞”天然山泉水、“十八洞”辣椒……目前，全村农产品已有 50 个品种。

在大家的努力下，乡村游已成为十八洞村的“当家产业”。2018 年全村共接待游客 30 万人次，实现旅游收入 300 余万元，同时带动了民宿、农家乐的发展。

十八洞村发展得越来越好，白净的石登高也成了黝黑汉子。十八洞村原村主任施进兰说：“自从到十八洞村，石队长总是忙忙碌碌，基本没回过家。”

石登高15岁的儿子石鹏对记者说，2018年有一次妈妈带着他来村里探望爸爸，早上8点多就进村，一直到晚上10点，爸爸才回到村里的家，一家人才“团聚”。

“我对家人有亏欠，但还是希望他们能继续支持我。”石登高说。他要付出更大努力为村民打牢发展的基础，带领全村实现精准扶贫向乡村振兴过渡的目标。

新华社长沙2019年8月26日电

十八洞村的“玛汝队长”

赵　航　方大丰

“石登高，玛汝（苗语‘好’的意思）！”说起湖南花垣县委驻十八洞村扶贫工作队队长石登高，十八洞村的乡亲们纷纷向工人日报记者竖起了大拇指。2017 年被选派到十八洞村至今，石登高几乎走遍了村里的每个角落，为乡亲们解决了无数的问题，被村民亲切地称为“玛汝队长”。

2013 年，十八洞村的全村人均收入只有 1668 元，是名副其实的贫困村；2016 年，该村的人均收入增加到 8313 元，实现整村脱贫。

2017 年 3 月，当石登高被选派到十八洞村驻村帮扶时，十八洞村虽然已实现整村脱贫。但他通过多次走访，发现了一个新问题：村里一部分家庭虽然脱了贫，但家底薄，收入不稳定，存在返贫可能性。拓宽村民增收的路子，十分必要。

十八洞夯街峡谷淙淙流动的山泉水引起了他的注意。2017 年 4 月底，恰逢湖南步步高集团董事长王填进村调研扶贫，石登高抓住这个难得的机会，陪同王填察看水源、品尝山泉、取样检测。当年 7

"玛汝队长"石登高

月，步步高集团决定进村建水厂。十八洞村以"十八洞村"品牌入股，按"50+1"模式与步步高集团合作开发十八洞村山泉水，公司每年分红给村集体50万元，每生产1瓶水再拿1分钱注入村扶贫基金。

如今，山泉水成了十八洞村的一项长久性主打产业，既给村民带来了增收，也拉动了村里的就业。2017年以来，10多个村民进厂上班，在享受村集体分红之余又有了一份稳定的收入。

"绿水青山就是金山银山，十八洞村的发展始终秉承着这条原则。"石登高说。

脱贫要靠产业带，但村里选取什么产业，众说纷纭。"十八洞村最值钱的就是身上这一身绿。"多次调研后，十八洞村确定了以乡村旅游为主导、以特色种养为基础、以苗绣和山泉水为补充的绿色发展格局。

4月正是春耕时节，十八洞村春暖花开，青山叠翠。连日来，游客一拨拨进村，苗寨上下洋溢着春日的活力。

2018年，石登高率领工作队和村"两委"，以"修旧如旧""把农村建设得更像农村"为理念，对全村4个自然寨的房屋修旧如旧，着力发展乡村旅游产业。

如今，村民房前屋后铺上了青石板，家家通上了自来水、户户用上了放心电，无线网络全覆盖，村居面貌焕然一新。“美景引得游人醉”，据统计，2018 年十八洞村共接待游客 30 万人次，实现旅游收入 300 余万元。

在脱贫攻坚路上，石登高带领的队伍越来越大。通过开展村民思想道德星级评比，几位曾经被村里人诟病的“村懒汉”，如今摇身一变，也成了致富路上的“带头人”。

施六金在村里算是一个典型。在一次道德评比会上，“拖全村后腿”的施六金被村民评为全村最差劲的二星家庭。这让他面子上挂不住了。思前想后，施六金悄悄摘下了牌子，主动跑到村委会认错。以后村里再有什么项目，他总是第一个带头干。这些年，施六金当过导游，做过农家乐，2017 年，村里山泉水厂正式建成投产，他又成为厂里的技术工人，当起了“上班族”。“村懒汉”施六金成了脱贫致富的典型。

2018 年 6 月，石登高在村里创新推行互助“五兴”农村基层治理模式，全村组建了 41 个互助“五兴”组，从学习互助兴思想、生产互助兴产业等五个方面建立互帮互助关系。全村上下心往一处想，劲往一处使，以十八洞村为中心，向周边张刀、马鞍、双龙等 16 个村辐射，“十八洞村”品牌越来越响亮。

甩掉“穷”帽子的十八洞村，先后获评“中国少数民族特色村寨”“全国乡村旅游重点村”等多项殊荣。2018 年，十八洞村民人均纯收入高达 12128 元，成为全国脱贫攻坚的一面旗帜。

“我们十八洞村现在成了全国脱贫攻坚的‘明星村’，要向乡村振兴‘示范村’这个目标继续迈进！哪怕跑再远，一步一个脚印，总能达到目的。”2019年，石登高定下了新的目标。

《工人日报》2019年5月1日

ZUIMEI ZHIGONG

最美
2019
职工

许纪平

许纪平：砌筑人生新高度的一线工人

许纪平，中建七局总承包公司砌筑工。在 2018 年 10 月的第六届全国职工职业技能大赛砌筑工决赛上，他凭借苦练的技艺和较高的理论水平一举夺冠，成为技能大赛上唯一的农民工冠军获得者。作为首次入选全国职工职业技能大赛的砌筑工工种，许纪平这个第一也代表了中国砌筑工目前的最高水平。

2019 年 1 月 17 日，全国总工会、人社部等 5 部委在人民大会堂召开总结大会，许纪平代表所有参赛选手和获奖选手发言，同时被授予“全国技术能手”荣誉称号。中建七局总承包公司计划将许纪平转为管理岗位，并为其成立“许纪平高技能领军人才创新工作室”，他实现了从一名工地砌筑工向更多农民工兄弟传道授业解惑的“教练员”的华丽转身。

“能获得这么高的荣誉和这么好的待遇，我首先要感谢党中央、国务院对产业工人的关心关爱，感谢中华全国总工会等部委搭建的大赛平台，让我们新时代产业工人有机会展现自己的风采，还要感谢中建七局这么多年对我的培养和关爱。”许纪平这样说。

许纪平从小喜欢电子产品，2004年从中专学校计算机专业毕业后，他从老家重庆开州南下广州，在一家电子厂上班，每月薪酬700多元。眼看发展无望，就通过在建筑工地上干活的哥哥介绍当起了小工。虽说每个月能拿到3000元，但超强度的体力劳动曾让他有过退却逃避。几番思考，许纪平决定跟着哥哥介绍的师傅学习砌筑技术。当时他想，只要肯下功夫，三百六十行，行行出状元。

许纪平参加2019年庆祝“五一”国际劳动节暨全国五一劳动奖和全国工人先锋号表彰大会

“三皮一吊，五皮一靠；上跟线，下跟棱，左右相跟要对平”，拜师学艺期间，师父耐心教，他用心学。经常是白天记下砌筑要领，晚上独自拎着瓦刀对着一堆砖块练，拆了砌、砌了拆。挤、揉、刮、甩，一道抹灰工艺他练习不止百遍，一直练到整个砌筑过程一气呵成。就这样反反复复很长时间，直到他熬红了双眼，磨破了双手，浑身疼得无法沾床，师父宣布他出师了，成了能独立砌墙的大工。

谁知上手容易，干好很难。他独立工作后，很快就遇到了难题，一张装饰墙图纸放在面前，琢磨半天无从下手。学着工友的样子比试一番，却搞得一塌糊涂，无奈只好接着请教师父。从此，许纪平明白想当一个优秀的砌筑工，除了勤学苦练，还要开阔眼界多动脑子。

12 年过去，春华秋实。从渭南到西安，从延安到庆阳，从甘肃到河南，中建七局的工地在哪里，他就到哪里。他先后参与过 34 个项目建设，总砌筑量超万立方米，其中有 6 个项目获得“国优”、鲁班奖，15 个项目获得省优。为了备战全国砌筑工大赛，许纪平和其他 3 个选手要接受为期两个月的集训，时值暑期，他们每天要在酷暑热浪的冲击下坚持锻炼 10 多个小时，晚上还要啃上千道专业试题，他依旧拿出不服输，不怕苦的精神，全身心地投入了“战斗”。许纪平就这样在 12 年里从小工到大工，从所在项目开办的农民工夜校学生，变成了为同行讲授砌筑专业知识的“老师”，最终成为全国性职业技能大赛冠军。

在成为优秀砌筑工匠的路上，许纪平得到了中建七局的大力帮助和热心引导，“我们一线工人还常常被组织起来参加劳动竞赛和技能大赛，当我们在竞赛中排名靠前时，总是能得到物质和精神奖励。说实在话，我能在全国性大赛上赢得第一，也是因为我跟着中建七局干过大工程，得到过更多的高手指导。”回顾自己取得的成绩，许纪平谦虚地说。

谈到未来，许纪平说：“干砌筑很多时候是拼体力，我以后要多学习，我觉得只要我们农民工能钻研本领，也能成为优秀的产业工人，身为新时代的产业工人、农民工，很幸运、很自豪”。他相信在不久的将来，或许在他砌筑的某栋高楼大厦里，学有所成的儿子坐在宽阔敞亮的办公室里，敲着键盘，靠学识和智慧“砌筑”一片属于他们自己的美好天地。

全国总工会宣教部供稿

拿砖砌墙也是一种美

余嘉熙　董君亚

从18岁初入建筑行业时的“一张白纸”，到30岁成为技压群雄的全国职业技能大赛总冠军，12年间，来自重庆开州的农民工许纪平在中原大地上演绎了人生的“逆袭”。13年来，中建七局总承包公司砌筑工许纪平先后参与过34个项目建设，总砌筑量超万立方米，其中有6个项目获得“国优”、鲁班奖，15个项目获得省级优秀。从小工到大工，从所在项目开办的农民工夜校学生，变成了为同行讲授砌筑专业知识的“老师”，最终成为全国性职业技能大赛冠军，他在成为优秀砌筑工匠的路上不断前进。

“从来没有想过，我一个泥瓦工能站上国家级的领奖台。”许纪平说，操起瓦刀那种游刃有余的感觉，让自己很踏实，“平生只想精于这一行”。

许纪平在工友眼中算得上资质优异。“从小工干成大工，他只用了18天。”当初带他的师傅说，这小伙子有股冲劲，干活舍得下苦力，眼快手快脑子活，对砌筑也有想法。

而许纪平自己清楚，当年正式入行学艺的18天，也是炼狱般的

18 天。白天跟着师父学要领，晚上别人都睡了，他拎着瓦刀拆了砌，砌了拆，反复练习，光抹灰一项他就练习了不止数百遍，直到蹭、挤、揉、刮、甩……整个过程能挥洒自如，一气呵成。

“在外人眼里，建筑工的确又苦又累。但苦活累活，总得有人干！”许纪平说，干一行就得爱一行、钻一行。

靠着勤奋和韧劲，顺利成为大工后，许纪平的成才之路只是刚刚起步。

一次，许纪平所在的项目工地总工在工地巡查时发现：这个精瘦的小伙子虽然手脚麻利，但因为催工期，所以活儿干得有些毛糙，于是当场让他将刚砌好的墙推倒重来。

这种当场“打脸”的举动，让许纪平有些难堪，也让他暗下决心：“只怪自己学艺不精，接下来要更加努力。”

自此，许纪平开始了一个砌筑工匠真正的“修炼”之路。12 年过去了，从渭南到西安，从延安到庆阳，从甘肃到河南，中建七局的工地在哪里，他就到哪里。无数次的磨炼和锤打，让许纪平的技术越来越娴熟。

如今，许纪平已经从只能砌一般墙体的普通泥瓦工变成了能砌各种造型，甚至能从事仿古建筑砌筑的多面手，并练成了“一刀准”：挥舞起瓦刀来，无论是砍、削、砸，还是捣、抹、切，都能准确到位，几乎没有误差。他的砌砖速度也突飞猛进，最多一天能砌 4000 多块砖。

左手拿砖，右手抹泥，眼睛瞄准位置，将砖紧贴标线精准放上，用手小心护住砖块边缘，轻压一下，再用铲子轻敲，让砖块和水泥间的空气尽可能排出，最后用铲子小心地将边缘多余的水泥铲掉……过程干净利落，手起砖落，一气呵成，整个砌筑过程让人感觉拿砖砌墙也有一种美感。凭借这种娴熟和美感，许纪平开始在各级职业技能大赛中大放异彩。

2018年5月，为了选拔全国职工职业技能大赛首届砌筑工大赛选手，河南省举办砌筑工省赛，砌筑技术高超的许纪平一举夺魁，获得了全国赛的参赛资格。为了在全国赛上争取一个好成绩，许纪平全身心投入备战。当时正是炎夏，烈日下的郑州，被热气包裹着几乎透不过气。许纪平每天要在高温热浪的冲击下练习10多个小时，为达到零误差，他不断地重复，白天练技术，晚上学理论，日复一日……

两个月后，全国职业技能大赛开幕。比赛中，向来以“快”制胜的许纪平却放慢了比赛节奏。每砌一层砖，他都要仔细测量，最后仅提前10分钟完工。他所砌的墙，零误差、高“颜值”，得到了裁判组的充分肯定，以总分88分的成绩夺得全国冠军。

作为首次入选全国职工职业技能大赛的砌筑工工种，许纪平成为第六届全国职工职业技能大赛唯一的农民工冠军。

目前，许纪平所在中建七局总承包公司为他专门成立了创新工作室，这位砌筑工也实现了由一名工地砌筑工向高级教练员的华丽蜕变。

《工人日报》2019年5月2日

瓦工许纪平

郭亮亮　白银花

在建筑行业，全靠手工作业的砌筑工是一个苦差事。而说起砌筑，少言寡语的他却眉飞色舞，板墙、外墙、装饰墙，抹灰、砌砖，垂直度、平整度、观感……俨然是在打造一件艺术品。他说，他的职业其实是“城市的造梦师”。

中专计算机专业毕业的他来自农村，跌跌撞撞闯进建筑行业后，敲键盘的手开始码砖。一如编程，他把一块块毫无生机的砖砌筑成了一座座温暖的房。他说，砌筑工虽苦，但我只想精于这一行。操起瓦刀，“那种游刃有余的自由自在，让我感觉踏实”。

他叫许纪平，是中建七局的一名普通砌筑工。2018 年，面对全国职工职业技能大赛砌筑工决赛的 80 多名竞争对手，代表河南队的他气定神闲，一举夺魁，成为全国筑砌工冠军……

从小工到大工

许纪平说，19 岁之前，他怎么也想不到自己会踏上搞建筑这条路。那时的他，一心想要靠知识改变命运。

靠着家里卖的两头猪和哥哥打工的微薄收入，许纪平紧紧巴巴读完中专，去了南方一家电子厂。那时的他，每月 700 多元工资，除去日常开销所剩无几。“这样下去如何改变贫困的命运？”许纪平夜不能寐，常常这样问自己。

一年半后，许纪平辞去工作，找到了在中建七局建筑工地干活的哥哥。“我不怕吃苦，就想多挣钱。”许纪平说，在建筑工地，他有希望每月都拿到 3000 元的报酬。然而，每天高负荷的体力劳动，让瘦弱的他浑身酸痛，整夜难眠，最终导致头昏脑涨，鼻子出血。两个多月后，无奈的他又去了南方。

事与愿违。时间一天天流逝，在广州的许纪平始终找不到理想的工作。几番思虑后，许纪平再次联系哥哥，回到建筑工地，成为砌筑行业的一名泥瓦工。

“要想成为优秀的砌筑工人，一般需要跟着师父锻炼一两年，但纪平这孩子是急性子。”当初带许纪平的师傅说，许纪平有股子冲劲儿，对砌筑也有天赋。

“天赋我真的谈不上，我只是肯下苦力。”抱定了干建筑这行的决心，许纪平就在心里较劲儿：既然干，就精着干、苦着干。

眼快手快脑子活。许纪平跟着师傅学得有板有眼，“三皮一吊，五皮一靠”“上跟线，下跟棱，左右相跟要对平”等，从和灰、抹灰、砌砖，每个过程他都熟记于心。

白天，他边干活边向师父请教；夜晚，他在心里琢磨事儿。有时候，别人都睡着了，他忽然想到了什么，拎起瓦刀跑到工地，砌了拆，拆了砌，反复练习——仅抹灰的几个细节，他在一个夜晚就练了不下百遍，蹭、挤、揉、刮、甩，直练到整个过程干净利落，手起砖落，一气呵成……

凭着执着，仅仅用了 18 天时间，许纪平出师了，成了能独立砌墙的大工！这短短的 18 天，对许纪平来说简直是炼狱般的 18 天，他熬红了双眼，磨破了双手，浑身疼得无法睡觉。

眼瞅着许纪平这股子拼劲儿，工友们都说，这小伙儿有恒心，将来肯定有出息！

这一年，许纪平 19 岁。

许纪平在参加会议并发言

干一行精一行

三百六十行，行行出状元。

成为大工后的许纪平，并没有顺风顺水。麻烦，他很快就遇到了：负责项目检查的总工，有一次在巡查时发现，这个19岁的精瘦小伙砌墙手脚麻利，活儿却干得有些毛糙。一贯严厉的总工，当场让他将墙推倒重砌。

不仅如此，许纪平很快又遇到了更大的“难题”：一张装饰墙的图纸摆在眼前，他琢磨了半天，竟无从下手。

“看似简单的泥瓦活儿，其实也要有艺术鉴赏力呢！”许纪平说，那一次，面对造型复杂、摆砖难度大的情况，他真的手足无措。默默地观看着周围工友们的操作，他还是似懂非懂。勉强比照着砌了一番，最终还是搞得一塌糊涂，无奈之下，他只好请来师父……

经过无数次的磨炼和锤打，许纪平逐渐从心浮气躁变得性情笃定，也从砌一般墙体的工匠，变成了能砌各种造型的多面手。

12年过去了，在各个工地辗转间，而立之年的许纪平砌筑技术日趋精湛，工资也从每天100元飙升到1000元。“干这行苦是苦，但挣钱还可以。而且，把活儿干漂亮了，还会有成就感。”

用知识砌筑未来

2018年4月，中建七局在中牟白沙的项目部举办砌筑工技能选拔赛，许纪平作为选手参加了比赛。“比赛要求很高，一方面要读懂图纸，尺寸误差不能超过1毫米；一方面墙的‘颜值’越高，分数就越高。”一技在手的许纪平毫不怯场，信心满满，但没有比赛经验的他，在这次比赛中获得了第二名的成绩。

然而，凭着自信和能力，在中建七局随后举办的全国技能大赛河南赛区比赛中，许纪平经过几番角逐，一举夺魁，位居全省第一名。随后，他作为河南省代表队的一员，为备战全国砌筑工大赛进入了为期两个月的魔鬼式集训。

正值暑期的这两个月，郑州持续高温少雨。在实训基地集训的许纪平，每天都顶着烈日挥汗如雨，不仅每天坚持砌筑10多个小时，晚上还要啃成百上千道专业试题……

终于，在全国砌筑工大赛中，许纪平拿到了第一名的好成绩。面对荣誉，他笃定地说：“虽然我拿到了全国第一，但回想比赛中的一些细节，我觉得我还有很多地方有待提升。这次比赛，也让我开阔了视野。以前，我干砌筑是在拼体力。我想，以后我会紧跟时代，多学习，争取到40岁时，把自己变成知识型工人。同时，多攒些钱供我的两个孩子上大学，让他们以后靠知识挣钱。”

在谈到未来时，许纪平腼腆地摸了摸头说，他相信不久的将来，或许在他砌筑的某栋高楼大厦里，学有所成的儿子坐在宽阔敞亮的办公室里，敲着键盘，靠学识和智慧“砌筑”着一片片属于他们的美好天地。

“如今，装配式建筑日臻成熟，新技术新工艺层出不穷，砌筑工的时代或许即将成为过去时。但时代发展再快，我相信精益求精的人永远不会被淘汰，精益求精的工匠精神也永远不会过时。”

《河南日报》2019年5月17日

ZUIMEI ZHIGONG

最美职工

2019

苏保信

苏保信：走出特种电磁线创新上的成长之路

苏保信，1980年4月出生，大专学历，中共党员，高级技师。2000年6月参加工作以来，苏保信一直在铜陵精达特种电磁线股份有限公司从事质量、制造管理工作，现任铜陵精达特种电磁线股份有限公司实验室主任，2006年荣获“全国首届电线电缆检验工职业技能大赛”全国总决赛冠军。

“苏保信技能大师工作室”是以苏保信为领衔大师，集人才培养、技术创新、科技攻关和成果推广等功能于一体的创新工作室称号，2015年7月被人社部授予国家级技能大师工作室称号，2015年1月被铜陵市总工会授予铜陵市劳模创新工作室称号，2017年11月被中共铜陵市委组织部授予市级党员技能大师工作室称号。作为党员技能大师工作室的领衔带头人，苏保信时时处处以党员的标准严格要求自己，在政治理论学习、质量问题攻关、技术质量后备人才培养等各方面都发挥着共产党员的先锋模范作用，赢得了广大干部职工的普遍好评，于2018年1月当选安徽省第十三届人民代表大会代表。

刻苦钻研、取得多项创新成果

十几年来，苏保信立足岗位刻苦钻研，通过“小改小革”，多次解决了检验和制造过程中的技术难题，为企业节约生产和检验成本上千万元。其间共获得4项发明专利和8项实用新型专利，是3项发明专利和2项实用新型专利共5项专利第一完成人，1项发明专利和6项实用新型专利共7项专利参与完成人。2014年获得安徽省技能大师工作室成果评鉴技术创新成果奖，并且2次获得铜陵市科学技术奖三等奖。

近年来，通过技能大师工作室的平台集中各部门的专业技术力量，苏保信成功开发了耐高频脉冲电压的新能源汽车驱动电机耐电

苏保信在做漆包线软化击穿试验

晕变频漆包线、风力发电机用特种电磁线、压缩机用直流变频电磁线、东芝高耐磨高耐压的汽车电机用电磁线、三菱电机高绝缘低针孔的压缩机用电磁线、高端制冷设备用毛细铜管空心漆包线、核电站用高耐湿高耐热耐辐射聚酰亚胺漆包线，以及新能源汽车用高效漆包扁线等高要求产品，不但开拓了市场领域，而且实现了很多高端需求的国产化，填补了国内空白。

技术比武，帮助职工成长成才

2006 年，中国机械工业联合会、中国机冶建材工会全国委员会及人力资源和社会保障部中国就业培训技术指导中心共同主办“全国首届电线电缆检验工职业技能大赛”，苏保信主动利用业余时间，刻苦钻研行业标准与试验方法，并通过大量的试验操作，积累了丰富的理论知识和杰出的操作技能，在华东一区的预选赛中以理论和操作总分第一名的身份进入总决赛，并最终取得了电线电缆检验工绕组线组别全国总决赛冠军，并被破格晋升为“技师”。

在取得全国技能大赛冠军后，苏保信更加刻苦努力，不断积累专业知识和操作技能，并积极向业内专家请教学习，通过自己的不懈努力，2008 年通过了机械工业联合会（职业技能鉴定指导中心）的理论、实践考核和论文答辩，获得高级技师职业资格。

同时，为了帮助广大职工尽快成长，苏保信采用学用一体化的培训方法，使职工将现场培训内容在教、学、用中同时进行，彻底打破了一直以来培训工作与现场实际相脱节局面，加快了技能人才的培养。引导职工树立了“依靠技能生存、依靠技能发展、依靠技能创造价值”的学习理念，营造了比、学、赶、超的良好氛围。

响应政府号召，节能减排保护环境

在经济发展与环境保护相对矛盾的关键时期，只有大力发展科技创新，提高产业绿色水平，坚持可持续发展观，才能从根本上解决环境保护与经济发展的矛盾。

铜陵精达股份公司积极响应党中央、安徽省委省政府和铜陵市委市政府的环保工作要求，及时淘汰落后产能、改造升级设备、优化生产工艺等。苏保信带领的技术团队，从 2015 年至今逐步淘汰落后漆包线产能约 2.5 万吨；通过联合研发，成功开发低能耗低排放漆包机，实现电耗下降 35%、产能提升 20%，改造后的酚类化合物和二甲苯排放量比改造前分别下降了 82.8% 和 76.6%，挥发性有机物的排放浓度只有标准值的 5%，排放速率也只有标准值的 0.03%；二甲苯的排放浓度只有标准值的 3%，排放速率也只有标准值的 0.01%，均远远低于《工业企业挥发性有机物排放控制标准》的要求。铜陵精达里亚特种漆包线有限公司在 2018 年成功获得了“国家级绿色工厂”称号。

全国总工会宣教部供稿

苏保信：小徒弟走出大师路

韩震震

“师父领进门，修行在个人，他好学好钻，什么问题都要搞懂搞透，早就超过我这个师父了。”2019 年 4 月 25 日，在接受采访时，谈起早已获得“大师”称呼的徒弟苏保信，缪纳新打心眼里感到佩服。

1980 年出生的苏保信，是铜陵精达特种电磁线股份有限公司技术中心实验室主任，安徽省五一劳动奖章获得者，“苏保信技能大师工作室”牵头人。在公司里，他年龄不大、资格不老，能取得如此成就，赢得大家的认可，究竟凭的是什么？

小徒弟成黑马，勇夺全国冠军让人刮目相看

苏保信第一次让同事们刮目相看，是在 2006 年。

铜陵精达公司是中国目前最大的特种电磁线生产企业，2000 年，刚毕业不久的苏保信入职时，甚至不太明白公司主要产品“漆包线”是什么。

“我是学计算机的，在公司用不上，当时是生产车间的操作工，一切都必须从头学起。”学，就要用心学，别人下班了，苏保信却不走，凑到设备旁跟老员工学，别人看他谦逊，也愿意指点一二。一年后，苏保信就能独立操作车间的所有设备。

2003年，公司检测部门内部招检测员，为了接触更多的设备，学到更多的技术，苏保信主动申请成为一名检测员。

检测，是产品质量把控的关键，不但要求对产品特性、加工环节有充分认识，还要熟悉各种检测设备。面对完全陌生的领域，苏保信表现出强烈的求知欲。

“简单来说，我们生产的漆包线，就是铜丝外面涂上绝缘体，但铜丝和绝缘体的特性控制，却是十分复杂的。比如说绝缘漆厚度是五六十微米，要经过20次涂覆才能完成，每一层都非常薄，而且对产品是否符合客户需求都有影响。”如今，说起技术。苏保信的话匣子一打开就关不上，但16年前，他对这些是真的一窍不通。

缪纳新印象最深的，是苏保信刚到检测中心后，每天忙完手头的活，又开始往检测员身边凑，各种检测设备都想上手试一试。2004年，成为检测员后，苏保信更是整天泡在检测室里。

为深入了解产品特性，苏保信一遍遍地啃专业书籍，为了明白进口设备操作方式，买来字典一个词一个词地查。

“当时有一本叫《漆包线》的专业理论书，我看到第三遍，才勉强把所有字都顺畅地读下来。”苏保信的努力，并不是所有人都能看得到，所以2006年公司让他参加全国首届电线电缆检验工职业技能大赛时，还有老员工怀疑他是不是有关系。

很快，苏保信让所有人刮目相看了。以公司预选赛第三名的身份进入华东区预选赛，苏保信取得了第一名的好成绩，而在最终的全国总决赛，他又拿下了全国冠军，成为那届比赛的年轻黑马。

刻苦钻研，不断破解技术难题跻身国家级大师

夺得全国冠军的苏保信，被破格晋升为“技师”，这让他深刻体会到专业知识的重要性。此后，他更加努力学习专业知识和操作技能，于2008年获得了高级技师职业资格。

28岁就成为高级技师，苏保信并没有满足，他开始尝试将专业知识与实际生产相结合，凭着刻苦和钻研，一个个生产难题在他手中迎刃而解。

2008年前后，苏保信在工作中发现，整个行业的产品检测与客户需求之间都存在一定差距。

“当时产品的特性参数都是单项的，可客户对这些并不在意，他们只关注产品的综合特性，也就是产品好不好用，是否符合他们的需求。”为了解决这个问题，苏保信通过研究，最终发明出一种检测漆包线综合特性的检测设备，并获得了专利。

小试牛刀后，苏保信坚定了进行技术创新的信念，他立足岗位，发现问题，研究问题，多次解决了检验和制造过程中的技术难题，为企业节约了大量生产和检验成本。

2013年，苏保信技能大师工作室成立，此后陆续通过铜陵市、安徽省认定。2015年7月，“苏保信技能大师工作室”被人社部授予国家级技能大师工作室称号，成为精达公司集人才培养、技术创新、科技攻关和成果推广等功能于一体的重要平台。

2015 年，经过两年时间的上千次试验，苏保信团队研发的“高端制冷设备用毛细铜管空心漆包线”，成功填补了国内空白。2018 年，苏保信带领团队成功研发“新能源汽车驱动电机用特种扁平电磁线”，不但开拓了市场领域，还成为行业引领。

据统计，10 多年来，苏保信先后获得 4 项发明专利和 8 项实用新型专利。

“以前我不知道师父为什么这么拼？后来我明白了。”2017 年大学毕业的江涛，是苏保信的徒弟，2018 年 9 月的一件事，让他至今记忆犹新。

当时，一个客户找到精达公司，希望他们能提供一款变频漆包铜扁线，这款产品公司从来没做过。面对全新挑战，苏保信本可以慢慢研究，但他却带着大家加班加点，通过一个月攻关，成功将产品研发出来。

后来，江涛问苏保信为什么非要天天加班，苏保信回答：无论做什么事，都要把时间掌握在自己手中，这样才能从容面对未来。

人民网 2019 年 5 月 1 日

特种电磁线领域的“工匠”大师

徐秋韵

从新手到大师

1980 年，苏保信出生于一个普通的农村家庭，2000 年 6 月，苏保信正式入职铜陵精达特种电磁线股份有限公司。

铜陵精达特种电磁线股份有限公司是中国规模最大的特种电磁线生产企业，漆包线产销量位列全球前茅。现有 13 家子公司、1 个国家级企业技术中心，已经形成安徽、广东、天津、江苏四大生产基地。产品广泛用于汽车、家电、电子、电力、通信及电动工具等行业。

“咱这工种是个技术活，小小一根漆包线要经过 20 多次累积涂漆，每次的厚度要控制在 2—3 微米（只有头发丝的 1/20），总共 50 微米左右的漆膜既可以耐受近万伏的破坏电压，还要能够承受高速绕线的摩擦和拉伸。”2019 年 4 月 25 日，苏保信在实验室接受记者采访，他身后墙壁的高处，挂着“技能大师工作室”的招牌。

这位特种电磁线领域的工匠大师，学历并不高，10 多年来，他

苏保信作为导师带徒进行生产操作培训

淬炼匠艺、精益求精，从操作工和辅助工蜕变为技能大师。苏保信回忆，2000年刚踏上工作岗位时，自己只能做一些搬运之类的粗活，其他的基本插不上手。刚进厂时，公司都会给每位新员工发一本名叫《漆包线》的红皮书，“乍一看，什么都不懂”。为了能够更快适应岗位需求，他并没有像其他人那样结束了一天的劳累就回家睡觉，而是主动留在公司跟着师傅边看边学，练习操作技能，结合实践反复参悟，对于书中理论的理解也一次比一次深入，一次比一次全面。

就这样，他在生产一线一待就是3年。但安于现状不是他的风格，时间长了，苏保信也发现了一些问题，由于生产车间主要以标准化的规范操作为主，难以学到更深层次的原理知识，常常是只知其然而不知其所以然，“虽然可以将漆包线做出来，但却不知道其背后的制作原理”这一问题困扰着他。

机遇来了。2004 年正赶上质量检测部门从公司内部扩招人员，苏保信报了名并顺利进入该部门，职业生涯也迎来了一个新征程。但如愿进入检测中心的苏保信并没能立即成为一名检测员，而是被安排做“复绕”这一辅助工作，苏保信没有因此而失望。正式进入检测中心后，进口设备的操作界面和说明书都是英文的，他一边向老师傅请教，一边对着词典一个单词一个单词地啃，就这样一年年坚持下来。苏保信说，检测员岗位对技能有特殊要求，只有完全掌握这些技能才能更好地发挥岗位作用，服务企业生产。在每一次技术攻关的日子里，苏保信待在实验室的时间比在家里还长。能吃苦、肯钻研，是检测中心负责带苏保信的师傅缪纳新对他的评价。

机会总是留给有准备的人。2005 年全国首届电线电缆检验工职业技能大赛启动，精达股份公司对此次国家级技能大赛非常重视，以全开放形式举行了公司内部预选赛，苏保信报了名。苏保信说，这种国家级的大赛在电线电缆行业每五年只举行一个工种的比赛，对检测工种来说，20 年一遇。

2006 年上半年，公司内部预选赛举行，这是苏保信第一次显身手，没想到一出手就震惊了公司，苏保信总成绩名列第三。

一个才干了一年多的检验员能考到全公司第三名？不会有什么猫腻吧？有人私下里质疑。

面对质疑，苏保信默默投入更多精力准备接下来的考试。在随后举行的华东一区比赛中，苏保信以理论和操作总分第一名的成绩进军全国总决赛，并最终取得了大赛电线电缆检验工绕组线组别全国总决赛冠军，被破格晋升为“技师”。一个无名小卒，一下子全厂闻名。正所谓，台上一分钟，台下十年功。

取得全国技能大赛冠军后，苏保信深深体会到一分耕耘，一分收获，因此更加刻苦地努力，不断积累专业知识和操作技能，并积极向业内专家请教学习，于 2008 年获得了高级技师职业资格。

精益求精发掘技术潜能

十几年来，他立足岗位，刻苦钻研，通过“小改小革”，多次解决了检验和制造过程中的技术难题。

从 2013 年开始，苏保信带领大师工作室团队，集中各部门的专业技术力量，成功开发了高耐磨高耐压高附着的汽车电机用铜圆漆包线、高端制冷设备用毛细铜管空心漆包线、核电站用高耐湿高耐热耐辐射聚酰亚胺漆包线，以及新能源汽车驱动电机用特种扁平电磁线等多项高要求产品，不但开拓了市场领域，而且实现了很多高端需求产品的国产化，填补了国内空白。

在攻克高端制冷设备用毛细铜管空心漆包线技术难关时，由于空心线工艺的特殊性，有许多技术难点需要一一解决，每一个技术难点可能都需要一到两个月时间解决，为了攻克技术难关，团队成员每天泡在实验室重复实验，不断在失败中总结经验，前后花了两年时间才完成产品研发。目前，精达也是国内唯一的能实现高端制冷设备用毛细铜管空心漆包线量产的企业。

为积极响应国家走可持续发展之路的号召，苏保信带领技术团队从 2015 年至今逐步淘汰落后漆包线产能约 2.5 万吨；通过联合研发，成功开发低能耗低排放漆包机，实现了电耗下降 35%、产能提升 20% 的功效，改造后酚类化合物和二甲苯排放量比改造前分别下降了 82.8% 和 76.6%，经第三方权威机构检测，各项环保数据均优于相关标准要求。2018 年，苏保信所在的铜陵精达里亚特种漆包线有限公司获得了国家级“绿色工厂”称号。

工匠，就是要把匠人匠心精神不断传承下去。作为技能大师工作室的领衔带头人，他利用全员讲课、实际操作、技术比武等方式传、帮、带，言传身教，让更多年轻人走工匠之路。徒弟江涛深受感染，“苏主任常常告诉我们，传统观念认为成为一名技能型专家至少要经历二三十年的沉淀甚至更长，但专注和努力会证明时间长短并不是决定因素，这也给了我们很多信心。”

央广网 2019 年 4 月 30 日消息

从不可能中找可能

陈 华

苏保信做了很多别人做不到的事，也将很多别人眼中的“不可能”变成了“可能”。

在安徽铜陵精达特种电磁线股份有限公司（以下简称铜陵精达），苏保信多数时间待在实验室和生产现场。

从学计算机专业的中专毕业生成长为全球领先的特种电磁线生产企业的技术核心人员，苏保信多次刷新同事以及同行对他的认知。

苏保信是2000年来到铜陵精达的。彼时，创办已经10年的铜陵精达刚刚被科技部认定为重点高新技术企业。公司生产设备和检测仪器多从国外引进。

刚到铜陵精达时，苏保信在生产车间上班。本以为自己会从事与计算机有关的工作，等走上岗位后苏保信才发现原来自己对电磁线生产一无所知，只能从一些杂活干起。

事情不难，但是每天的工作都安排得满满的。就在别人都在日复一日重复着这些简单枯燥的工作时，苏保信悄悄开启了自己的“超越”模式。

厂里的机器24小时不停歇作业。等到自己的工作都做完了，同事们都下班的时候，苏保信便来到机器旁跟随一些老师傅边看边学。师傅们看到这个下了班还不愿意回家的年轻人如此好学，都十分高兴。

或许是觉得这个新人是个可塑之才，企业随后专门安排一个师傅来带苏保信。跟师傅学了一年多后，苏保信可以独立完成所有操作，而他的“技术饥饿感”随之而来，总感觉“自己应该学习比操作层面更高的知识”。

机会总是更青睐有准备的人。不久后，公司检测部门要从内部招人，苏保信成功入选，并也因此改变了自己的奋斗轨迹。

“以前只知道怎么做，并不知道为什么这么做。”苏保信似乎看到了一片比原来广阔得多的天地。知其然还能知其所以然，这需要更广的知识面，也需要更多的努力。

和刚进生产车间一样，苏保信在检测部门一开始只是做最边缘的“复绕”，这个工种相对简单，可是“饥饿”的他一心只想学到更多的检验技术。

每次有新任务，别人都是等师傅们调试好设备才过来学，而苏保信是不请自来，边看边记。等到师傅们都下班后，苏保信继续留下来。他不敢动这些进口设备，只能一边查资料，一边研究那些全是外文的说明书。

又用了大约一年时间，苏保信把企业里现有的所有设备说明书“全部过一遍”，当然，也把所有设备的原理“过了一遍”。

真正让同事们对苏保信刮目相看是一次全国性的电线电缆检验工职业技能大赛。

在企业海选环节，苏保信以第三名的好成绩晋级华东区决赛。

在当时公司所有参赛人员中，苏保信是资历最浅的。

而这并不是苏保信让同事们“感到意外”的终点。在随后的全国性总决赛中，苏保信一鼓作气摘得全国冠军。

同事们感到意外，但苏保信认为这是奋斗给自己带来的回报。4本厚厚的理论参考书籍，很多人连看都看不下去，苏保信却反反复复不知看了多少遍。苏保信的爱人回忆，参加比赛的那段日子里，苏保信“晚上睡觉时，手还在动”。

大赛让苏保信收获了信心，而随后他又用实际行动证明，自己并非一个只会纸上谈兵的人。

一次，公司针对新能源耐电晕电磁线有关技术难题进行技术攻关，担子落在了苏保信身上。“漆包线看起来简单单一，就是一根线外面包了一层漆。其实评价一根漆包线的特性，有30多项指标需要检测。”苏保信说，这些指标之间还有相互制约性。如果提高某一个方面的指标，很有可能会牺牲其他方面的特性，这就需要不同的组合实验让客户所需求的电磁线性能达到最优。

电磁线漆膜的厚度只有几十微米，而这几十微米又分20多层，每涂一层其实只有2—3微米，也就是每一层的厚度只相当于头发丝的1/20。

技术攻关往往要经过上千次实验才能把工艺稳定下来。在测试和生产的关键时期，苏保信经常通宵达旦忙碌着。实在疲倦了，就在实验室旁边的椅子上打个盹。

虽然一次又一次地失败，苏保信却觉得离真理越来越近。技术最终攻关成功。苏保信给自己写下座右铭：实干创新、精益求精。

《工人日报》2019年5月3日

深耕检测一线　书写奋斗青春

贾学蕊

“生产漆包线的铜原料，纯度可达99.997%，即便如此，在剩下0.003%的成分中，仍然含有十几种不同杂质。”2019年4月29日下午，铜陵精达特种电磁线股份有限公司技术中心实验室主任苏保信接受记者采访时说，自己的工作，是把铜金属和不同绝缘材料的特性分析透，从中找出适应不同漆包线生产需求的最佳组合。

2000年6月参加工作以来，苏保信凭借过硬的业务技能和努力奋斗，率领团队攻克一个又一个技术难题，为企业节约生产和检验成本上千万元，实现了多项漆包线高端产品的国产化。“苏保信技能大师工作室”被评为国家级技能大师工作室。2019年，苏保信被评为全国“最美职工”，并荣获全国五一劳动奖章。

在干中学在学中干，辅助工成长为技能大师

39岁的苏保信一身蓝色工装，坐在会议室里，他话不多，有些拘谨。一走进实验室，他却变得神采飞扬，一边娴熟演示漆包线产

品的检测，一边条理清晰、娓娓而谈，眉眼间满是自信。“一线职工要立足岗位，靠技能和奋斗实现自己的人生价值。”苏保信说。

别看苏保信如今是技能大师，刚参加工作时，他却是个门外汉，只能搬搬材料，在辅助岗位上干些出体力的杂活。“我中专学的是计算机专业，毕业后南下广东想闯出一番事业，直到公司通知我来面试，我才知道是父母想把我留在身边，背着我到公司投了简历，报名应聘。”

不懂就学，苏保信爱学习，可漆包线是冷门知识，当时他唯一的学习资料，就是公司发的一本《漆包线》教材。这本书苏保信啃了 3 年，第一年只识其字，不解其意；第二年能摸到一点门道，看了书、结合工作实际，能知道漆包线是怎么做出来的了；第三年再看，明显感到书上知识不够用了。

实践出真知。生产车间的设备 24 小时开机，每天下班后，苏保信都会留在车间里，盯着机器看，向老师傅虚心求教。“看”了几个月，他从干杂活的辅助工转岗成了操作工。当时厂里有一台价值 100 多万元的进口检测设备，对技术要求高而且需要保密，像苏保信这样刚进公司的“毛头小子”，根本学习不到。求知若渴的他，一次次找老师傅和公司领导争取学习机会。终于，领导被这个工作踏实、勤奋好学的小伙子打动了，不仅允许他学习涉密技术，还专门为他指定了一位师父。

2004 年，苏保信从一线操作工中脱颖而出，被选调至技术岗位，成为一名绕组线检测工。走上检测岗位短短两年时间，他就以高超的检测技能、接近满分的理论考试成绩，勇夺首届电线电缆检验工职业技能大赛全国总决赛冠军，被破格晋升为技师。

"参加大赛的一年多时间里，我每天白天工作、晚上看书，每一分钟都很宝贵，就连做梦都在想学习。"苏保信说。2015 年，年仅 35 岁的他，成为国家级技能大师工作室的领衔技术专家。

从跟跑者到领跑者，精益求精擦亮中国制造

"小苏跟别的孩子不一样，别人学检测，掌握技术、能测出结果就行了，他却爱钻研，有想法，非要弄明白为什么。"苏保信的师父缪纳新，这样评价自己的徒弟。苏保信还喜欢"没事找事干"，对公司生产的同类产品进行比对检测。

漆包线检测，是个比绣花还要费神的细致活。有的漆包线涂膜 20 多次，才一根头发丝般粗细，它还要经得起上万伏的电压，耐得住反复拉伸与摩擦。"衡量漆包线的性能指标有 30 多种，不同指标之间会存在矛盾冲突，比如追求坚硬度，就会牺牲柔韧性；同样的涂膜材料，涂在第一层和最后一层，效果也完全不同。"苏保信说，只有通过精密检测、精准分析、反复测试，才能找到最佳组合。

日积月累的钻研和实践，让苏保信练就了过硬的检测本领和一双"火眼金睛"。他的检测结果，是公司毫无争议的"权威结论"。透过一份份检测报告、一组组繁杂的数据，他能够敏锐地判断出合格产品还有没有改进提升的空间；不合格产品存在哪些问题，这些问题出现在哪个环节，可以从哪些方面加以改进和解决。

2015 年，精达公司接到一个国外订单，是生产冰箱中使用的毛细铜管线。这款漆包线内径只有 0.65 毫米，拉伸时稍有不慎就会断裂，焊接难度极大。这款产品还要求具有较高的硬度、绝缘性、耐

腐蚀性以及耐冷性、耐热性。苏保信率领团队奋战了近两年时间，一次次焊接、涂膜、检测、改进，终于实现了毛细铜管线的中国制造。

多年来，苏保信率领团队先后获得4项发明专利、8项实用新型专利，成功开发出高耐磨高耐压高附着的汽车电机用铜圆漆包线、高端制冷设备用毛细铜管空心漆包线、核电站用高耐湿高耐热耐辐射聚酰亚胺漆包线、新能源汽车驱动电机用特种扁平电磁线等多种高端产品。

"尖子兵"带"尖兵团"，脚踏实地追寻人生梦想

"师父的工作，总是赶在生产计划前面，他身上的拼搏精神，深深感染着我。"徒弟江涛，提起苏保信，是一脸的崇拜。

2018年，公司接到一个生产变频漆包扁线的订单，这是企业没做过的新产品。客户给了3个月的试制时间，苏保信带着徒弟加班加点，1个月就试制成功。"我劝师父，时间还早，不用这么拼。师父却说，及早动手，后面才有充足的时间优化产品、应对可能出现的问题。"江涛说。

苏保信的孩子出生时，正值企业搬迁重建的关键时期，他连续数月早出晚归，每天只能看到孩子的睡颜。等繁忙的工作告一段落，苏保信才发现，孩子看自己的眼神像看陌生人一样，"那一刻，心里特别难过，感觉自己对家人亏欠了很多。"话虽如此，可每当遇到新的生产任务、技术难关，苏保信又会把家人"忘"在脑后，投入浑然忘我的工作中。

“世上没有不劳而获的事，幸福都是奋斗出来的。”苏保信深有体会地说。2015 年以来，他带领团队积极响应国家节能减排号召，逐步淘汰落后漆包线产能约 2.5 万吨；通过联合研发，成功开发低能耗低排放漆包机，实现了电耗下降 35%、产能提升 20% 的功效，酚类化合物和二甲苯排放量分别下降了 82.8% 和 76.6%。

依托“苏保信技能大师工作室”平台，苏保信采取全员讲课、指导操作、技术比武等多元化传帮带形式，为企业培养更多技能人才。如今，苏保信和他的团队正着手研发应用于新能源汽车、航空航天、5G 移动基站的漆包扁线和特种导体线，向着更高端的技术领域迈进。

铜陵精达公司经过近 30 年发展，成为国内生产特种电磁线的龙头企业。伴随着企业的快速发展，苏保信努力奔跑，拼搏追梦，用脚踏实地地奋斗奉献，实现人生价值，追寻家国梦想，描画出新时代劳动者的“最美模样”。

厚植沃土　助力职工成长成才【记者手记】

从打杂的辅助工，到一线操作工、绕组线检测工，再到漆包线行业年轻的技能大师、领军人物，苏保信的成长成才，既有个人的努力奋斗，也离不开良好的培育和关爱环境。崇尚劳动，造福劳动者，厚植职工成长成才的沃土，才能在江淮大地孕育出更多、更亮丽的“最美职工”。

近年来，各级党委政府和工会组织大力实施就业政策，不断改善就业环境，提高就业质量；不断完善相关制度，抓住劳动就业、技能培训、收入分配、社会保障、安全卫生等问题，关注关爱一线职工、农民工、困难职工等群体，努力让劳动者实现体面劳动、全面发展。良好的环境，为广大职工干事创业、成长成才，搭建了广阔平台。

无论时代条件如何变化，我们始终都要崇尚劳动、尊重劳动者，始终重视发挥工人阶级和广大劳动群众的主力军作用。关爱劳动者，让广大职工体面劳动、全面发展，让创新创业创造的活力在江淮大地竞相迸发，必将会有更多的“苏保信”得以立足岗位、施展才华，在平凡岗位上创造不凡业绩，展现最美风采。

《安徽日报》2019 年 5 月 2 日

ZUIMEI ZHIGONG

最美职工

2019

吴志晖

吴志晖：勇担新机场立项开工奠基人

吴志晖，1968 年 4 月生，中共党员，高级工程师，北京新机场建设指挥部高级业务经理兼飞行区工程部总经理。他是北京大兴机场开工建设的奠基人，是中国民航机场建设的实践者，是民航强国的见证者。

1988 年 7 月，吴志晖从同济大学毕业后分配到中国民用航空机场设计院工作，一直从事着机场规划设计与工程建设。他热爱他的职业，在民航这个领域，从一名普通技术人员，到项目部工程处、场道室、规划院、生产管理部、规划设计部，再到今天的飞行区工程部，他主持了首都机场三期扩建工程的总体规划和设计工作，参与了北京奥运会的重点保障；主持了首都机场西区改造工程，攻克技术难题，获得民航科学技术一等奖；主持了北京大兴国际机场工程规划和设计工作，圆满完成北京大兴国际机场项目立项、可行性研究报告报批等多项里程碑式重要工作，为北京新机场开工和建设奠定了坚实基础。他兢兢业业，脚踏实地，创新有为，他伴随着中国民航事业的每一次腾飞和跨越，用青春和热情书写着一名基层劳动者的无悔人生。

献礼奥运，T3 航站楼让世界惊叹

2003 年年底，吴志晖所在的民航机场建设集团规划院承担了首都机场三期扩建工程总体规划、控制性详细规划、飞行区、工作区道路管网等多项设计工作，吴志晖担任主要设计负责人。首都机场三期扩建工程是 2008 年北京奥运会保障重点工程，能否顺利完成规划设计工作，直接影响到工程的进度和质量，也关系到国家形象和民航荣誉。然而，摆在吴志晖面前的却是一项“几乎不可能完成”的任务：飞行区各类铺筑面面积 400 万平方米，各类桥梁 18 座……

吴志晖（中）与同事在施工现场

必须在2个月内完成总体规划、3个月内完成飞行区初步设计，2004年10月底前完成所承担的全部设计工作。

吴志晖没有被“不可能”吓倒，他积极想办法、找对策，主动与其他设计单位协调沟通，进行技术衔接，同时结合客观实际不断优化、调整设计方案。因为专业任务不同，各有分工，设计工程组的其他同事每个月还能得到调休，而吴志晖作为主要设计负责人，工程工期紧、工作强度大，需要一直坚守在一线。整整一年的时间，他吃住在现场，经常加班到深夜，几乎没有回过几次家。2004年6月，北京正值酷暑，离规划设计方案完工只剩下不到4个月，吴志晖和他的团队与时间展开了竞赛。就在这个节骨眼上，孩子即将参加中考，面临升学的压力，特别需要父亲的陪伴和鼓励，可“狠心”的吴志晖却没有为此请过一天假，他深知关键时刻必须分秒必争，个人和家庭只能作出牺牲。他强忍着对孩子的牵挂，硬是一门心思扑在设计图纸和表格里，直到设计方案最终定稿。回想起那一幕幕，吴志晖至今还记忆犹新：“当时真是啥事都赶一块儿了，也许我不是一个称职的父亲，确实对不住孩子。”

开工后3年多的工程施工期，吴志晖又率领设计工作组成员活跃在工地的各个角落，现场解决问题，为工程提供技术支持保障。在他和团队的努力下，三期扩建工程不仅得以顺利实施，而且为保障北京奥运会作出了重要贡献，让世界发出惊叹。

西区改造，摘取民航技术桂冠

几乎在首都机场三期扩建工程轰轰烈烈开展的同时，为了解决过渡期航空需求不断增长给运行带来的压力，补充现有区域各类运行资源，首都机场同步开展了“西区改造工程”。根据上级安排，吴志晖担任设计总负责人，这次“临危受命”，他遇到的同样是一块难啃的骨头：在机场不停航条件下施工，既不能影响机场正常运行，也不能造成安全隐患或事故，范围广、工期紧、难度大、任务重，无疑是个巨大的挑战。

由于历史原因，首都机场北区道路和飞机滑行道全部为平交设计，飞机和机坪上运行的车辆容易“不期而遇”，造成堵塞，严重影响机场运行效率，干就意味着要承担巨大的压力风险，不干又面临无法开工的窘况。

大家皆一筹莫展，这时候吴志晖站了出来，他说不能等靠要，碰到问题就解决，没有条件创造条件也要干。他提出“既要赶进度，又要保质量”，一方面组织技术人员展开攻关，另一方面多次向相关技术领域专家咨询，在综合比较、论证优化的基础上提出了超大超常箱涵顶进的设计方案，获得专家一致通过。项目成功实施后，极大缓解了首都机场北区空、陆侧道路运行的压力，也使运行资源得到了及时有效的补充，更重要的是，这一饱含智慧结晶的方案还获得了民航局科学技术一等奖，成为他职业生涯中浓墨重彩的一笔。

不忘初心，勇担新机场立项开工奠基人

回顾自己的职业生涯，最让吴志晖难忘的工作经历当然还是能够参与大兴国际机场的建设。2010 年年底，北京新机场建设指挥部获批成立，吴志晖放弃了原先舒适的工作生活环境，披星戴月奋战

在京津冀大地的荒郊野外，“能够参与历史、创造历史，我无怨无悔！”作为前期筹备人员，被调至北京新机场建设指挥部，并担任指挥部核心业务部门——规划设计部的总经理，开始全身心投入到这场硬仗中。

在人员严重不足、任务艰巨的情况下，他没有抱怨，而是主动学习，勇于钻研，自觉把创新热情和求实精神结合起来，通过夜以继日的辛勤工作，不计个人得失的付出，带领部门员工先后参与并圆满完成了新机场项目立项、可行性研究报告报批等多项里程碑式重要工作，为北京新机场开工和建设奠定了坚实基础。

面对来自中央机关各大部委、军方以及北京、河北、天津等多方提出的纷繁复杂的工作要求，吴志晖表现出良好的组织协调和沟通能力，他遵循“建设运营一体化”的设计思路，以多种形式广泛征求意见与建议，赢得各方理解、支持与配合，这些卓有成效的工作为新机场项目立项获批及开工建设创造了有利条件。

因为各方面表现出色，他相继被评为首都机场集团公司级优秀共产党员、首都机场集团公司“感动十年”先进人物。

创新有为，技术革命树立中国民航新标杆

2016 年 6 月，在北京大兴国际机场全面建设阶段，由于工作需要，吴志晖从规划设计部调至飞行区工程部，主持管理飞行区工程建设，面对新的环境和职责，他快速适应，以扎实的技术功底和踏实的工作态度在最短时间内完成了角色转变，带领着飞行区工程部全体建设者创造一次性建成“三纵一横”4 条全向型跑道的新标杆。

这是民航建设史上新建规模最大的飞行区工程，施工占地18平方公里，参建单位30余家，一次新建4条跑道，铺筑面积达950万平方米。他根据现场实际，组织飞行区全体施工单位积极开展劳动竞赛，激发参建热情，克服了雾霾、交通运输等不利影响因素，经受住了施工面积大、质量要求高、多工种多工序交叉施工诸多困难的考验，深入开展土方和地基处理工程，统筹开展全场雨水排水、飞行区排水、下穿通道、道面基层、通信管道、灯光、电力、消防等工程。

2018年12月底，在北京大兴机场开工4周年之际完成了“三纵一横”4条跑道全面贯通，工程进展得到民航局高度认可。跑道道面的全面贯通，为全面开启校飞提供了必要的先行条件，这成功的背后，历经勘测、征地、拆迁、动工、夯基、碾压、浇筑、设备安装、灯光调试，更融入了吴志晖团队的大量心血。

大兴机场跑道坐落的永定河洪泛区土质松软，为保证跑道能够承受飞机起降时的巨大压力，需要对跑道下方土方进行多次的强夯、压实。每一个强夯点位的夯击次数与夯基能量、每一个碾压点位的压实遍数与压实效果，无数的数据，若仅凭人工计算与测量，不仅费时费力，得到的结果也不够精确。面对这些问题，吴志晖带领的飞行区工程部历时两年多，牵头组织开展“机场飞行区工程数字化施工和质量监控关键技术研究”，通过空间定位与传感技术，精准定位并自动收集工程质量相关信息，提升了施工效率，实现了对工程质量的有效监管，为机场下一步运营提供了翔实数据，直接节省成本2500.33万元，提高了项目管理水平、保证施工质量和进度，成为中国民航机场建设的新亮点和新标杆。

2018年10月，该项目荣获民航科学技术一等奖，奖项评定专家组组长中国科学院院士陈祖煜对项目成果进行评价鉴定，评价认为："本项目的研发和应用，有力支撑了北京大兴国际机场飞行区工程优质高效完成，经济和社会效益显著，项目成果具有重要的推广应用价值，项目总体上达到国际先进水平。"

在工程建设中，吴志晖时刻牢记习近平总书记视察大兴国际机场指示精神，践行四大工程理念，注重深入挖掘精品工程、样板工程的深刻内涵，在施工中推广应用下穿通道钢模台车技术、综合管廊使用的数字化钢木模板技术等新工艺、新方法。作为课题负责人，吴志晖主持研究了国家"十二五"科技支撑计划项目课题"绿色机场建设关键技术研究与示范"，该课题已通过民航局、科技部组织的课题和项目验收，课题研究中取得了发明专利，软件著作权等系列研究成果，并在北京大兴国际机场进行了成功示范应用。

言传身教，无私传帮带打造优秀团队

从业以来，吴志晖一直在机场规划设计和工程建设领域不懈探索、扎实进取，将对民航事业的无限热爱渗透在日常工作的点点滴滴，2017年被授予"全国民航五一劳动奖章"荣誉称号。更难能可贵的是，他毫无保留地将自己的知识、经验传授给身边的年轻人，帮助他们在新机场这所大学校中成长成才，建功立业。"一枝独秀不是春，百花齐放春满园，"吴志晖谈道，"只有带出一支优秀团队，才能真正做到引领世界机场建设，打造全球空港标杆。"

无论是在规划设计部还是飞行区工程部，吴志晖都注重加强团队建设，积极倡导先进学习理念，不断探索有效学习机制，以交流研讨的形式努力打造多层次、多渠道的知识共享体系，激发团队学习的动力和活力，不断拓宽建设北京新机场的思路和视野，实现学习成果与工作成就的共享与互动，确保了新机场建设各项工作有序开展，顺利推进。

有一项统计能够充分说明他带队伍的卓越成效：短短几年间，他所在部门先后获得首都国家安全工作先进集体、首都机场集团公司“八场硬仗”阶段优胜奖，所在党支部获得集团公司优秀基层党支部称号，起航蓝天班组荣获“全国民航青年安全生产示范岗”、集团公司“四型标杆班组”荣誉称号，他平时关心、指导和朝夕相处的年轻同志，有的无私奉献，被评为民航优秀共产党员，首都机场集团公司优秀党务工作者、优秀共产党员、优秀共青团员、安全工作先进个人，集团公司15周年“最美国门人”荣誉称号。有的刻苦钻研，成为首都机场集团公司科技创新奖一等奖、二等奖的项目组主创人员，还有的由于表现突出，即将走上中层管理岗位……

习近平总书记强调，北京新机场是首都的重大标志性工程，是国家发展一个新的动力源。铿锵有力的话语依然回响在耳边，在全力打造精品工程、样板工程、平安工程、廉洁工程的征程上，以吴志晖为代表的广大建设者，将始终以高度的政治责任感，科学严谨的工作作风和求真务实的工作态度，顽强拼搏，攻坚克难，高质量高标准完成建设目标，去谱写北京大兴国际机场建设和发展的壮丽篇章，在新的起点扬帆启航，再创辉煌。

全国总工会宣教部供稿

那份骄傲和荣耀，将伴我一生

贺　勇

2019 年 5 月 13 日，北京大兴国际机场迎来了首次真机试飞。“整体试飞过程平稳、顺畅，完全满足通航条件。”南航试飞机组责任机长张弢在试飞结束后评价说。

虽然结果早已在预料之中，但北京新机场建设指挥部高级业务经理兼飞行区工程部总经理吴志晖还是非常欣慰。从前期选址、规划设计到工程建设，历时 11 年，吴志晖全程参与其中。“能参与一项如此重要的国家重大基础设施建设项目，是我一生的骄傲和自豪。”

早在 2008 年，吴志晖就参与到新机场的前期工作中。“我是幸运的，祖国的腾飞和民航事业的快速发展，使我所从事的专业有了大展拳脚的空间，可以为实现中华民族伟大复兴的中国梦贡献自己的一分力量。”

北京要建“第二机场”早有共识，争论的焦点是在哪儿建、建多大规模、和现有首都机场之间如何分工？吴志晖牵头比较了世界上具有多个机场城市的民航发展，及其对城市的带动情况，形成了

吴志晖在施工协调会上

翔实的专题报告，探索解答这些问题。

新建机场的选址同样是个难题，需要综合考量空域、旅客便捷抵达、征地拆迁成本等诸多问题。吴志晖带领团队深入研究，并从国家战略、经济发展、环境影响等多方面考虑，以翔实的研究报告提出了当前场址的方案。

巧合的是，大兴国际机场航站楼不仅处在北京城市中轴线的末端，还是北京城市副中心和雄安新区连线的正中点。当时，雄安新区等区域规划尚未出台，这样的选址无疑具有先见之明。“这个世界上没有料事如神的奇迹，只有脚踏实地的研究。”吴志晖谦虚地说。

2010年，北京新机场建设指挥部成立，吴志晖作为最早的一批成员加入并出任规划设计部总经理，全面负责北京新机场的整体规划工作。

大兴国际机场的一个突出问题，就是距离北京城区这个主客源地较远。为此，吴志晖牵头联系北京市、河北省等地的多家交通规划相关部门，进行交通接驳方式设计，最终形成了目前“五纵两横”的综合交通体系规划。据测算，未来大兴国际机场公共交通出行比例将达到50%以上，让旅客实现绿色便捷出行。

哪里有工作需要，吴志晖就去向哪里。2016年，北京新机场进入全面建设期。吴志晖从规划设计部总经理转任飞行区工程部总经理。

大兴国际机场跑道坐落的永定河洪泛区土质松软，为保证跑道能够承受飞机起降时的巨大压力，需要对跑道下方土方进行多次的强夯、压实。如何确定每一个点位的压实遍数并评估压实效果？若仅凭人工计算与测量，不仅费时费力，得到的结果也不够精确。

面对这些问题，吴志晖带领的飞行区工程部历时2年多，牵头组织开展“机场飞行区工程数字化施工和质量监控关键技术研究”，通过空间定位与传感技术，精准定位并自动收集工程质量相关信息，提升了施工效率，实现了对工程质量的有效监管。

“首都新机场承载着众多期望，屡次刷新世界工程施工纪录。这项伟大工程的背后，是超过10万名默默奉献的新时代建设者，他们是当之无愧的大国工匠！”吴志晖反复强调，自己只是万千建设者中的普通一员。

《人民日报》2019年5月15日

陪伴新机场的日与夜

陈慧娟

当被问到工作中属于自己的乐趣是什么时，吴志晖说：“这是一个集体的工作，配合密切就是一种乐趣。”

很少有人准确地知道自己10多年后在干什么，2008年的吴志晖知道。

入行的前20年，他参与过国内外40多个机场的建设，深度参与规划设计的也有深圳、武汉、南京等十几个机场；2008年后的11年，从选址、可行性研究到设计施工，他全身心投入北京大兴国际机场的建设中。

“所有的‘第一份’都印象深刻”

同样是忙，前20年的节奏听起来更快一些。

在同济大学，吴志晖学的是道路与交通工程专业。中学时他喜欢学化学，“在那时候朴素的观念里，觉得修路还用上大学？”等咂摸出其中的技术含量，和大部分从事道路交通的同学不同，他被分配到了民航局机场设计院。“那时候民航系统没有机场建设相关的专业，委托我们学校培养，开了一门课叫作机场规划与设计，用的是翻译教材，非常详细地介绍了机场的构成。”这就是吴志晖工作前对机场的全部了解。

1988 年，坐飞机的人寥寥无几，机场建设的工作更是神秘，对于能从事民航业，吴志晖感到窃喜，“出差就可以坐飞机了！”而他的工作就是让越来越多的人能坐飞机出行。

吴志晖赶上的是中国民航事业高速发展的时代。而这份“高速”带给他的是极其快速地进入设计工作以及多年一致的高速运转。

吴志晖语速很快、语调少有起伏，但说到第一份工作，他“哎呀”一声，笑说“所有的‘第一份’都印象深刻”。

当时济南遥墙机场正在可行性研究论证阶段，负责同事出发匆忙忘记带汇报图纸，领导让他去送一趟。这一送，就把自己送进了这个项目。

5 年后，25 岁的他成为贵阳龙洞堡机场场道工程项目负责人。“那时候我们每次都要先落在贵阳的军用机场，路也不好，还要再坐两个小时车，才能到机场施工现场，办公在工地，住也在工地。”

“1997 年 5 月 28 日。”虽然自认为记性比较差，但他能准确地说出龙洞堡机场开航的日子，那是少数他在场的时刻，“可以说是举城欢庆。现在回想一下，确实，一个机场对于一个城市的发展太重要了。”

20 世纪 80 年代至 90 年代，一批省会城市完成了民航机场的建设，吴志晖将这段时间称为“扫盲期”。他参与了很多机场的建设，但没有太多留恋，总在赶着去规划建设下一座机场，“我们院 100 多个人，承担着设计全国机场的重要使命，地方上恨不得站在旁边盯着看你有没有在设计自家的机场。”一直到现在，他获得全国“最美职工”称号，在接受媒体采访时才有时间回顾体味他的“日常工作”对于一个城市来说的重要意义。

“民航业天然是开放的，国际民航组织规定的基本标准，是全世界机场建设都要遵守的，我们应该多和国外机场对比、总结、学习，但是我们得让飞机先飞起来，必须埋头赶路。”吴志晖说。

“心里有愧疚感”

说起前十几年的工作，他不时笑起来。谈起在北京大兴国际机场工作的 11 年，他靠前坐了坐，有时会站起来在办公室墙上的机场平面图上比画一下。

讲这座机场绝不贪大求洋的理念，讲首次打破了平行跑道而呈现“三纵一横”的创新，讲这项工作承担着的制定我国的行业标准的任务……所有机场相关的工作，即使是非常专业的问题，他仍然乐意从头开始、孜孜不倦地讲，即便中间听到了新的提问，也会一丝不苟回答完上一个问题。

而这 11 年中他自己的故事，则短之又短。微信朋友圈只有两条，相差 5 年，仿佛十年一瞬。身处其中，似乎再一次地，他还没有时间去体会其中况味。

“辛苦”似乎总与劳模的形象紧密相连，而这一点是他最不愿意说的：“在这里的人都是一样的，投入这个项目就没办法拥有正常的生活了——离市区家里 70 公里，就算坚持回家休息也没有实际意义。”他略一停顿，“可是话说回来，很多人的工作都是类似的性质，我们也没什么特别的。”

他不回避压力大，“越到后面压力越大，肯定会有焦虑的时候，开玩笑的时候我们说都要得抑郁症了”。真的去追问具体情形，他却想不起来。

怎么调整心态呢？他想了一会儿，说不上来：“咬牙坚持呗，靠着目标坚持到那一天。”

压力大很大程度上源于工期短、工作量大。

实际上在北京新建一个机场的规划早得超乎想象——

1993 年开始酝酿，直到 2009 年才最终确定北京大兴南各庄作为首选场址。此后，可行性研究报告反复论证进行了 4 年多。2014 年 9 月 4 日——又一个吴志晖脱口而出的日子，北京新机场可行性研究报告经中央审议通过。新机场设计为 2025 年基本实现 7200 万人次年旅客吞吐量的规模，建设时间只有 5 年。

有人形容，建机场就像给小孩做衣服，“建成之日就是扩建之时”成为一种常态。以首都机场为例，2018 年旅客吞吐量达到 10098 万人次，而当初规划设计的总容量是 7600 万人次，已经连续多年超负荷运转。空域资源紧张、航班时刻饱和，使得一直以来首都机场有“两大难”：申请航线难、申请时刻难，申请开通至首都机场的航线甚至多次成为外国政府首脑与中国领导人会谈的重要议题。

吴志晖觉得旅客挂在嘴边的抱怨，正是因为供给长期不足，“需求很急迫，我们心里有愧疚感，希望能尽快完工，提供更多的服务，保证更多民航运输资源”。

“值得醉一回”

“我们”是吴志晖最常用的主语，作为一名共产党员，他习惯于把自己归于集体。

这项工程的确是多方协作的成果。国家层面的领导小组由国家发改委牵头，包括 9 个成员单位，不仅包括京津冀三地政府，还涉及空军、自然资源部、水利部等部门。最初吴志晖所在的北京新机场建设指挥部有 100 多人，是建设工作的中枢单位，上传下达，协调各相关部门和机构。建多大规模、钱花在哪里……每一个决定背后都有很多顶级团队作支撑。

“也有自己心里的方案和最终方案不一致的时候”，吴志晖难得回到了“自己”的视角。“但是这些方案都是最优的平衡，经过顶尖专家的审查、反复论证。”吴志晖总结，有时候受限于时间、外部环境等因素，把最合理的方案不折不扣执行好是更好的选择。

2016 年，吴志晖调入飞行区工程部，主持管理飞行区工程建设。北京大兴国际机场施工区域内 2/3 的施工范围是飞行区，施工总包单位就有 30 家，还有相关的设计监理、特种设备供应商等 10 多家单位。

“压力更大一点。”吴志晖说，而工作思路是一以贯之的稳健。

翻看关于北京大兴国际机场的关于技术方面的报道，创新几乎贯穿每一个步骤。“机场飞行区工程数字化施工和质量监控关键技术研究”项目获得 2017 年度民航科学技术一等奖，并申报了中美两国专利。但相比于创新，吴志晖反复重申了自己的标准：“机场建设要保证万无一失，对安全的要求极高。我们重点要解决的是在施工系统质量效率方面提升水平，使整个系统更加高质高效运行。”

只有在说到“工作中属于他自己的乐趣是什么”时，吴志晖才稍稍“突破”了这份稳健，“这是一个集体的工作，配合密切就是一种乐趣。这个工程十年磨一剑，等到所有工作都完成了，值得我们一起醉一场。”

然而 2019 年 6 月 30 日，全面竣工的日子到来时，他并没有醉一场。

2019 年 1 月，第一场校验工作开始，5 月试飞，一直以来追赶着时间，总有大大小小的任务摆在吴志晖眼前。离 9 月 30 日前投运尚有一段时间，周六他仍然要上班。尽管轻轻说着“快轻松了”，但吴志晖心里总是做好准备面对一些细碎而无法提前预期的问题。他觉得工作起来顾不上想事情，顾不上高兴，都不能说喘了一口气。

他甚至想不起竣工那天有什么特别之处，话题已经转移了，他忽然想起来：“还真是有个仪式，我们按照部门和倒计时牌合了影，人也不全，没有大合影。自从设立了竣工倒计时牌，很多人来了都合影，天天看，天数那里终于变成了零。”

《光明日报》2019 年 8 月 27 日

他见证了首都新机场拔地而起

张　锐

位于天安门正南直线距离约46公里的京冀交界处，北京大兴国际机场已进入了工程建设的“冲刺”阶段。

2019年9月30日前，新机场将正式通航。未来，这里将成为“大型国际枢纽机场”，远期规划年旅客吞吐量1亿人次以上。

从前期选址、规划设计到工程建设，历时11年，吴志晖全程参与其中。他主持了北京大兴国际机场工程规划和设计工作，带领团队圆满完成项目立项、可行性研究报告报批等多项里程碑式重要工作，为新机场开工和建设奠定了坚实基础。

31年来，伴随着我国民航事业的飞跃式发展，他是见证者，更是实践者。2019年五一国际劳动节前夕，他荣获了2019年全国“最美职工”称号和全国五一劳动奖章。

“建设一个老百姓更满意的机场”

说起新机场的诸多亮点，吴志晖说：“规划之初，我们的目标就是要建设一个让老百姓更满意的机场。”

此前已在民航建设领域工作 22 年，他很清楚，要实现这些目标，就是“自己给自己出难题”。

过程果然如预想般艰辛：要实现航站楼和高铁、地铁、城铁“无缝衔接”，相当于把航站楼建在了火车站上面，牵涉的部门之多、施工的复杂程度难以想象；而从建 1 条跑道到 4 条跑道，工程复杂性也绝不是 4 倍的关系，而是几何级数增长……

从规划设计部总经理，到飞行区工程部总经理，工作哪里需要，吴志晖就往哪里去。

他们面对的是民航建设史上新建规模最大的飞行区工程，施工占地 18 平方公里，参建单位 30 余家，一次新建 4 条跑道，铺筑面积达 950 万平方米。要把这么大一摊子事“张罗”起来，吴志晖每天都要面对千头万绪、操不完的心……历经勘测、征地、拆迁、动工、夯基、碾压、浇筑、设备安装、灯光调试等大量工作，2018 年 12 月底，新机场完成了“三纵一横”4 条跑道全面贯通。

截至目前，新机场完工项目一次验收合格率达到了 100%。

“所有的经验都运用到了新机场建设中”

从 1988 年大学毕业被分配到中国民用航空机场设计院工作以来，吴志晖一直从事机场规划设计与工程建设工作。他先后参与了深圳机场一期等 10 多个民用机场项目，积累了丰富的经验，从一名普通的技术人员，逐渐成长为骨干力量、技术专家。

业主单位有什么问题找到他，他从来不推，总是积极想办法解决。时间久了，大家都知道他“服务好，技术棒”。

2000年以来，他主持了首都机场三期扩建工程的总体规划和设计工作，参与了北京奥运会的重点保障，主持了首都机场西区改造工程，牵头攻克技术难题，获得民航科学技术一等奖。

进入新机场项目之前，吴志晖已不知挑战了多少“几乎不可能完成的任务”。

“过往所有这些经验，都运用到了新机场的建设工作中。”新机场建设中，他们改道了河流、迁建了50万伏高压线……在智慧机场、绿色机场、海绵机场、数字化施工管理等方面均有创新实践，真正做到了“引领世界机场建设，打造全球空港标杆”。

“民航事业中有我的汗水”

距离6月30日工程正式竣工验收还有两个月时间，在此之前还要完成5月的试飞保障工作、助航灯光系统的调试等。吴志晖说：“我们现在是弦越绷越紧，不敢有丝毫放松。”

被问及工作的辛苦，他总说不值一提。“都是集体的功劳，我个人真没什么了不起的；家人对我的工作也很理解，不是一家人不进一家门嘛；工作有时候太晚了，住在现场不就省得折腾了嘛……”

眼下，还有太多的工作等待着他，“新机场正式通航之后，还有现场的技术保障。同时，还有很快启动的卫星厅的建设，远期规划建设也将继续，我大概会在这里一直干到退休。”

“我们通过自己的劳动，参与建设这么多机场，可以说见证了中国民航飞跃式的发展。我能自豪地说，其中有我的汗水，这就足够了。”吴志晖平静地说。

《工人日报》2019 年 5 月 4 日

ZUIMEI ZHIGONG

最美 2019 职工

陈 佳

陈佳：展露芳华的“口岸金花”

在“一带一路”的重要节点，中欧班列的汇集地，中国最大的陆路口岸满洲里活跃着这样一群女性，她们肩负着国际联运车辆的技术交接工作，她们保证俄罗斯铁路车辆在我国境内的运行安全。她们就是中国铁路哈尔滨局集团有限公司齐齐哈尔车辆段女子检车班的姐妹们，工长陈佳，就是这支队伍的带头人。

女子检车班成立于 1986 年 3 月，在第一任工长赵金花、第二任工长陈佳的带领下，女子检车员们在本应属于男性的工作领域中，用执着与信念坚守在国门下、宽轨旁，开创了我国国际联运交接史上女子检车的先河。她们 33 年如一日，奋力谱写华美乐章，“口岸金花”因此得名。

巾帼不让须眉

满洲里位于内蒙古呼伦贝尔大草原西北部，是中国最大的陆路口岸，承担着中俄贸易 60% 以上的陆路运输任务。由于俄罗斯铁路的轨距比中国的标准轨距宽，俄罗斯货运列车驶入满洲里口岸宽轨站场后，货物必须进行换装才能运输到中国各地。

满洲里口岸地处我国高寒地区，贝加尔湖冷空气、西伯利亚寒流首先从这里进入我国，这里一年有近半年时间是冬季。面对零下40多摄氏度的严寒，不要说检车，就是在室外站上半个小时都会冻得直打哆嗦，正是这种恶劣的自然环境塑造了女子检车员坚强的意志。在艰苦岁月的磨砺下，陈佳用柔弱的双肩擎起一片天。

陈佳在严寒中作业

记得一年除夕夜，一场罕见的暴风雪袭击了满洲里，那风雪刮得人是站不稳脚、睁不开眼，气温也骤降至零下44摄氏度。“走，检车去，别等雪停了，不然会影响换装！”陈佳毅然带领姐妹走向宽轨站场。这一夜，她们几乎是手脚并用地在雪里爬着检完车的。

由于车辆的许多部位都被大雪掩埋，她们就用双手扒开积雪，不敢有丝毫马虎。脸冻疼了，她们就用冰凉的手套揉一揉；脚冻麻木了，她们就使劲跺一跺，厚厚的皮袄被风吹透了，寒风直接刺到骨子里，那种钻心的疼没有让陈佳和姐妹们退缩。平时一列车只需四五十分钟就能检完，这次却用了一个多小时。那一夜，她们一直在风雪中忙碌，连续接了6列车，当接完最后一列车的时候，天已经亮了。她们虽然错过了丰盛的年夜饭，错过了和家人团聚的时刻，但在平凡的岗位上以特殊的方式过年！

一列列满载物资的列车从后贝加尔进入国门，是俄铁车辆进入我国重要的关卡。如果稍有疏忽漏检故障，就会给国家造成经济损失，严重的会造成国际影响。因此，有人说这个关口是“给车辆体检，为祖国把关”，责任重大，使命光荣。陈佳时刻提醒自己：小小检车班虽不起眼，但代表着铁路人的形象，代表着国家的形象。

2018年秋季的一场雨夹雪袭来时，正值陈佳当班，线路上有刚下的雨，有未融的雪，有结冻的冰，天上乱飞着雨和雪。到了接车地点，陈佳组织检车员蹲式接列车进入，秋风和列车驶过带来的大风，合力把她刮得姿势变形，身体前倾，有趴下的趋势。冰冷的雨夹雪打在脸上，冻得通红的颧骨，更显示出了地域特点。她与风对抗着，但眼睛还是一丝不苟地检查着熟悉的车辆。列车停稳机车分离后，联系信号时，对讲机里只有风声，没办法只好把对讲机用衣服遮挡，找了好几次姿势，信号才得以准确联系。作业完毕回到待检室，她耳朵轰鸣，手脚冰凉，她和姐妹们谁也没能在这场工作中逃过雨夹雪的“偏爱”，而她对岗位的热爱将会融化那无情的冰雪。

国境站技术交接所的工作性质是无固定时间接车、无固定时间吃饭、无固定时间休息。无论是节假日，无论是白天黑夜，有俄方车辆到达就会见到姐妹们忙碌的身影。

作业标准深深扎根在陈佳的心里，即使在恶劣的自然环境下也不走样。一列车平均 66 节 1 万多个零件，探身、抬头、俯身 3 个动作，一遍遍重复着，一个人一个班下来要检查交接车辆超过 300 辆，这样的动作达 8400 次，在硌脚的砟石上行走 20 多公里以上，脚上的鞋磨穿了一双又一双。

除了寒冷之外，还有恐惧。在夜间，在漆黑的、荒芜人迹的野外作业场，在长长的车体两侧，只能见到移动的手电光，为了克服心理恐惧，陈佳发明了“大声呼喊作业法”，作业中的呼唤应答，一律把声音提高八度，以给自己和姐妹们壮胆。

从成为一名女子检车员开始，为了尽快掌握检车技术，陈佳一头扎进了技术知识的海洋，她把《车辆构造》《国际联运车辆使用规则》等过去从未接触过的技术书籍作为学习的重点，直到弄懂弄通为止。

陈佳还常常放弃休班时间，独自背规章、练技术，一旦听说别的班组发现了俄方的故障车，就赶到现场观摩，琢磨发现故障的技巧。功夫不负有心人，随着时间的推移，她练就了一双“火眼金睛”，只要手势一指、眼神一到，问题车就无处逃遁。

有人问陈佳，到底是什么支撑着她们坚守在这个艰苦的岗位时，陈佳的回答代表了姐妹们的心声：“我们坚守在这里，是巾帼不让须眉的坚韧，是‘给车辆体检、为祖国把关’的坚定信念。”陈佳和姐妹们用行动将奉献与忠诚作了完美的诠释。

祖国利益高于一切

在外交无小事的国境线上，陈佳明白，岗位虽然平凡，却关系着祖国的利益和荣辱。正是祖国的利益高于一切的自豪感驱使着她以强烈的事业心、责任感和精湛的技术，更加努力地工作。这种自豪感更是一种精神动力和信念支撑，让“一步不白走，一眼不白瞅，故障不漏掉，为国把关口”的“金花精神”在这个班组逐渐铸就和绽放。

2011 年 4 月，陈佳刚接任工长，身材矮小的她和高大健硕的俄方检车员打交道，俄方检车员都用怀疑的目光审视她：“这个小工长，应该挺好说话。”2016 年 12 月 26 日 15 时，姐妹们在作业 3044 次俄方列车时，陈佳发现车辆车钩吊隐蔽裂纹，不仔细辨认很难发现，她通知俄方检车员一同检查确认，可他就是不肯去现场。作为中方代表，她如果放行了不良车辆，不仅危及行车安全，关键是车辆出境时将被视为我方责任而产生赔偿。她们代表的是祖国的形象，维护的是国家利益，必须替祖国把好关。陈佳严厉地用俄语说：“中方要拒收车辆，影响国际联运的一切后果由俄方承担。”在她的坚持下，俄方检车员不得不去现场。但让她惊讶的是，当俄方检车员在不良车辆登记簿上签字后，竟伸出大拇指，用生硬的汉语说：“好！工作好！”从此，女子检车班这个小个子检车工长，也令其他俄方检车员另眼相看。

国际联运车辆交接工作关系着祖国的利益和荣辱，一辆车的一接一交，随时都可能发生外汇索赔。《不良车辆登记簿》上记载的一个个车辆故障，就是双方发生“纠纷”时的有力证据，陈佳用智慧与汗水在一份份出入境交接单上书写下责任与庄严。

2018 年 1 月 26 日，俄方检车员找到陈佳，说有一辆返回俄方的空车是在中国境内损坏的，要求在《不良车辆登记表》上签字进行赔偿，她找出接入俄方车辆时的《不良车辆登记表》，故障已记录在案，而且有俄方检车员的签字，证明是在俄方损坏的。她有理有节，不卑不亢，以理据争，在事实面前，俄方检车员哑口无言，悻悻离去。像这样的情况，女子检车班的姐妹们都遇到过，却从没有逃过她们睿智的双眼。

2018 年 8 月的一个夜班，女子检车班的孙世铭在检查俄方入境车辆时，发现横跨梁脱落故障。她随即要求俄方检车员一起去现场确认，但俄方检车员却不以为然，以马上下班为理由，不予处理。陈佳知道后，在她的据理力争下，俄方检车员只好同意维修。通过这次事件，不仅让外国同行逐渐地转变了对女性检车员的态度，更为重要的是最大化地为国家减少了外汇赔偿金。

按照规定，如果俄方故障车辆被漏检放行，返回时俄方可拒绝接收故障车辆，中方就要用外汇赔偿俄方车辆占用费。

2019 年 3 月的一天，俄方检车员来到值班室，说有一辆俄方车在卸空准备返回俄罗斯时发现侧柱螺栓丢失一个，俄方要求甩车并签字赔偿。由于侧柱螺栓和折页的发音相近，极易混淆，值班员也闹不明白他说的是侧柱螺栓还是折页。陈佳赶到值班室后，经过沟通，知道俄方检车员说的是侧柱螺栓。经过查找《不良车辆登记簿》的记录，上面记载着这辆车在进入中国境内检查时就已发现丢失，并有俄方检车员签字确认的记录，就指给俄方检车员看，拒绝了签字赔偿的要求。

随着我国“一带一路”倡议的实施，口岸贸易持续上量，陈佳和姐妹们又庄重地许下了“来多少、接多少、检多少”的铮铮誓言。面对每天交接俄方车辆近20列，每人检车行走20公里以上的劳动强度，她们忍受着草原强紫外线的灼伤、西伯利亚强寒流的刺骨，脸晒疼了、腰累弯了、脚走肿了，却全然不顾。

33年风霜雨雪，33年精神传承，女子检车班用坚定与执着诠释着对祖国的忠诚，对岗位的热爱和对事业无悔的追求，收获着丰硕的果实，女子检车班累计发现车辆制动梁裂折、制动梁吊脱落等各类故障150余万件，节约外汇折合人民币近7亿元。并先后荣获全国巾帼文明岗、全路先进女职工集体、黑龙江省五一劳动奖状、黑龙江省巾帼文明示范岗等称号。陈佳也先后获得黑龙江省巾帼建功标兵、全国铁路先进女职工标兵、集团公司先进生产者及优秀共产党员等多项殊荣，而且成为一名光荣的集团公司职工代表。

一面高高飘扬的旗帜

“共产党员是走在别人前面的人。”工长陈佳努力成为一名冲锋在前的战士。

近年来，由陈佳总结出的“听、看、鉴、交”4字作业法在全班组得到推广。“听”就是提前出场，倾听列车进入时，车轮撞击钢轨的声音，判断有无杂音；“看”就是作业开始后，重点检查车辆关键部位，包括车辆走行部、基础制动装置、各悬吊装置等；“鉴”就是发现故障后，工长到场进行鉴定，组织处理危及行车安全的故障，

陈佳与俄方工作人员在交接工作

确保俄方车辆在国内运行安全；“交”就是中方检车员与俄方检车员共同确认故障及填写《车辆技术交接单》，如此既能保证行车安全，又能有效避免经济索赔纠纷。

陈佳常提醒自己：喊破嗓子，不如做出样子，面对困难要敢于迎难而上。由于人员缩编，岗位上没有了专职翻译，给中俄双方检车员进行车辆交接带来了一定的困难。为了避免交接中出现麻烦，陈佳就报名参加了俄语学习班，可讲课内容大都是礼仪及商务内容，为了弥补“车辆技术”术语方面的不足，在与俄方检车员交接中，她总是认真地听，一遍听不明白就比画着让对方再说一遍，然后记在本子上，能用俄文写的就写俄文，不会的就用汉字和拼音代替。陈佳发明的这种土洋结合的学习法，看着不伦不类，但是在工作中应用起来得心应手。

当好一名女检车员确实很难，需要付出更多的艰辛。夏天，细嫩的皮肤常被强紫外线灼伤；冬天，手脚常被刺骨的寒风冻僵。同时，检车业务要从零学起，倒班、加班时，家中年幼的孩子无法照顾，这些都成为摆在陈佳面前的难题。面对这些拦路虎，陈佳没有退却。明知山有虎，偏向虎山行。“能直接和车辆打交道，这是铁路工人的最大骄傲！”陈佳鼓励着自己，一定要让大家看一看女人也能干检车，而且不比男人干得差。

一次，陈佳到幼儿园参加亲子活动，儿子怎么也不愿拉她的手，更不愿意看她的脸。嫌弃地说：“妈妈你没有别的阿姨漂亮，怎么那么黑呢？”哪个女人不爱美，可是她们整天在线路上风吹日晒地行走近20公里，能不黑吗？黑是黑了点儿，但陈佳觉得，黑不也挺美的吗？

敢于搏击潮头，敢于迎难而上，小人物在新形势下也能展示大作为。2018年7月，陈佳代表哈尔滨局集团公司参加中国铁路总公司组织的“中国梦·铁路情·劳动美”学习贯彻习近平新时代中国特色社会主义思想和党的十九大精神演讲比赛，将女子检车班姐妹们的故事精彩讲述，以第一名的成绩代表总公司参加全国演讲比赛总决赛，进入全国十二强，并获得铜奖。她以此为契机，学习了全路及全国各行各业先进人物爱岗敬业、精益求精的工匠精神，深刻体会到了热爱、执着与坚守的分量。她将带领姐妹们不忘初心、牢记责任，迎接新的挑战，做口岸运输发展的参与者和贡献者。

2019年3月6日，在庄严肃穆的人民大会堂，全国三八国际妇女节纪念暨表彰大会隆重召开。陈佳代表女子检车班登上了主席台，接受了全国妇联颁发的“全国巾帼文明岗”的奖牌。颁奖结束后，陈佳激动地说：“能来人民大会堂接受颁奖，我的内心无比激动。这一切都将激励我和姐妹们在今后的工作中，奉献巾帼力量，贡献女性智慧，把对岗位的热爱体现在自觉执行标准化作业上，把对祖国的忠诚体现在国际联运交接的每一辆车上。”

在平凡的岗位上，岁月改变的是容颜，不变的是信念。陈佳把爱美的天性藏进工装，把对家的惦念埋在心底。她用坚定与执着诠释了对口岸的热爱和对祖国的忠诚。面对新时代，在“交通强国，铁路先行”的新征程上，她将和姐妹们用责任与担当，激情与汗水，薪火相传，让“口岸金花”再展芳华。

全国总工会宣教部供稿

绽放在“一带一路”口岸上的“铁玫瑰”

张世光　陈旭东

下蹲、抬头、探身；下蹲、抬头、探身……

一昼夜，行走 20 公里，重复 8000 多次。

就这样地重复，陈佳一步一步走了 13 年。目标只有一个，保证俄罗斯的火车在中国境内的运行安全。

如今，已是中国铁路哈尔滨局集团有限公司齐齐哈尔车辆段满洲里国境站技术交接作业场女子检车班工长的陈佳，带领姐妹们坚守在“一带一路”的重要节点、中国最大的陆路口岸满洲里。

挑　战

技术交接作业场的主要工作是，对来往于中俄两国之间的俄方列车进行技术检查。一方面是确保俄方入境的火车在中国境内安全运行，另一方面是对俄方列车存在的问题进行登记记录，并与俄方检车员确认签字。

“车钩连接位、车辆走行部、制动装置，这些必须一一检查。”满洲里运用车间党总支书记曲长海告诉记者，这个工作说简单也简单，说难也难。“一旦漏检，没发现故障，当列车返回的时候，俄方检车员就会认定车辆在中国境内受损，人家是可以索赔的。”

“必须耐得住寂寞，年复一年、日复一日地保持高度警惕。这一点，陈佳不仅自己做到了，还带领身边的人也做到了。”在曲长海看来对同事非常有亲和力的陈佳，在工作中却是分毫不让。

而这股子较真精神对这个集体弥足珍贵。作为中国铁路唯一从事国际联运车辆技术检查交接工作的女子检车班，这个于 1986 年成立的光荣集体已经走过了 33 年的历程，累计发现各类车辆故障 150 余万件，为国家避免外汇损失近 7 亿元。

耐　力

在多为男性职工的检车行当里，要当好女子检车员需要付出更多的艰辛。2006 年陈佳入行时，面对的是周围人不解、质疑的目光。

大量的车辆配件名称、功能等基本功需要从零起步学、背，一次次地蹲下、起来，再蹲下、再起来都挑战着她的生理极限。曾经按时上下班现在也变成了“三班倒”，遇到夜班的时候，特别是冬季的夜班，黑、冷，许多女生避之不及的事情，陈佳都要去面对。

检车场的工作不仅要耐得住一次又一次重复的枯燥，还要经得住背后无声付出的寂寞。

2012 年 1 月的一天，陈佳在检查俄方车辆时，发现一辆车制动梁根部裂纹。这个故障很难发现，如果要探伤，必须大幅度探身，头几乎要与轨面平行才能看到。哪怕检车员内心有一丝丝“图省事”，都可能发现不了这个故障。而后果却十分严重，会发生制动梁脱落、列车脱轨或颠覆。

这一次，集团公司对她进行了通报表扬和奖励。然而，这只是一次极为特殊的荣誉。更多的时候，当陈佳和同事们把隐患发现、排除后，回归于沉寂，回归于日复一日、年复一年的重复。

绽　放

近年来，随着“一带一路”倡议不断取得硕果，过境满洲里口岸的列车也在不断增加。

“过去，一昼夜我们要检七八列车，现在变成了十三四列。”陈佳告诉记者，为了不影响检车进度，方便与俄方人员沟通，自己自费报名参加了俄语培训班。对于一些配件的名称，一时记不住，陈佳就用俄文、汉字、拼音混杂的方式记在自己随身携带的小本子上。只要有空，就拿出来翻看、背诵。

如今，她已经可以跟俄方检车员无障碍沟通。2019 年年初的一天，陈佳作业时发现俄方车辆车钩吊隐蔽裂纹，可俄方检车员却认为没问题，不肯去现场确认。

“中方要拒收车辆，影响国际联运的一切后果由俄方承担。”陈佳用俄语严肃地与对方交涉。在她的坚持下，俄方检车员不得不去现场确认维修。但陈佳没想到的是，被她“怼”过的俄方检车员在不良车辆故障记录上签字后，竟然竖起了大拇指。

在检车场的休息室里，每一位检车员都有一个自己的更衣柜。打开陈佳的更衣柜，唯一鲜亮的颜色来自柜子里的一面国旗。“我想用这个来提醒我自己，立足岗位为祖国把好关。”陈佳说。

《工人日报》2019 年 5 月 5 日

“口岸金花”吐芳菲

胡艳波　陈旭东

中国铁路哈尔滨局集团有限公司齐齐哈尔车辆段工长陈佳带领姐妹们坚守在“一带一路”的重要节点——中国最大的陆路口岸满洲里。1986年3月，随着满洲里铁路口岸过货量激增，该班组成立。陈佳带领姐妹们坚守在国门下、宽轨旁，怀揣着祖国的利益高于一切的自豪，以强烈的事业心、责任感和精湛的技术，担负起“为外国车辆体检，为伟大祖国把关”的神圣职责。

夏天，她们的皮肤常被强紫外线灼伤；冬天，手脚常被寒风刺痛，即使是在生理期，也不能少走一步、少看一眼。每人每个班要在满是石砟的宽轨站场内行走近20公里，检查每一辆车都要不断重复下蹲、抬头、探身等单调的动作，一天下来重复这样的动作达8000多次。

与俄方交接破损车辆是女子检车班面临的最大难关。以前这项工作都由翻译来完成，从2011年开始，这里没有了专职翻译，每次交接就由陈佳亲自出马。刚开始那会儿，双方语言不通，给交接工作带来了一定的困难。陈佳想，这样下去，不但影响车辆交接进度，而且还会影响到口岸货运增量。为此，她自费报名参加了俄语培训班，还在交接中向俄方检车员仔细地问、认真地听，直到明白为止。

一次检车时，陈佳发现俄方车辆的车钩上有隐蔽裂纹，不仔细辨认很难发现。她随即要求俄方检车员会同检查，可是对方却不肯去现场确认。在她的一再坚持下，经过共同确认，俄方检车员最终在不良车辆登记簿上签了字，并对她的认真细致精神竖起了大拇指。

在外交无小事的国境线上，是祖国利益高于一切的自豪感驱使着陈佳，在一份份出入境交接单上写下责任与庄严。

《人民铁道》2019 年 4 月 30 日

最美职工

ZUIMEI ZHIGONG

2019

陈亮

陈亮：纤毫之间成就匠人精神

1 微米有多细？一根头发丝的 1/60！ 1 微米有多难？精密模具的制作一般是 2—5 微米，1 微米精度的模具目前在市场上较罕见，而模具品质的优劣往往就在这 1 微米的差距。

而陈亮的拿手绝活就是，把模具精度控制在 1 微米之内。眼下，陈亮及其团队正忙着与清华大学校企联手研制，用于国家大飞机发动机的超微细电加工设备。

陈亮，是江苏省无锡微研股份有限公司的一名高级技师。10 多年来，他淬炼匠艺、精益求精，从学徒工蜕变为技能大师、江苏省五一劳动奖章获得者、国家级工匠，参与国家 863 重点项目，攻克了一批技术难题，其研发的新生产技艺甚至填补国内空白，获得多项发明专利。

陈亮的成长之路验证了一句话："技能成就梦想，奋斗改变人生！"他有些动容地说，他最感恩的是国家和社会对工匠的认可与尊重，这也是他精益求精、创新专研的最大力量源泉。

更细心一点，离 1 微米更近一点

1984 年，陈亮出生在江苏宿迁农村。2002 年，他从江苏信息职业技术学院中专毕业后，进入了无锡微研股份有限公司，成为一名学徒工。

微研，是一家从事精密模具研发的龙头企业，其生产的精密模具涉足航空航天、电子通信、高端汽车、空调、医药等领域。早在 1998 年，仅成立 5 年的微研就生产出了第一台国产化的空调翅片模具，打破了该领域长期以来的国外垄断，一举打响“精密制造”品牌。重视精度和品质的企业环境，引导陈亮不断追求淬炼 1 微米的绝活，为实现从“制造”向“质造”转变而不懈奋斗。

刚开始工作时，陈亮把公司车间所有的工序如磨床、车床、快走丝等岗位都尝试了个遍，最后选择了铣工。那时，陈亮还在粗加工班组干活的时候，铁屑飞溅，被烫到手是家常便饭，时间长了，衣服还会被铁屑烫出一个个小洞。而且做模具的原材料都是钢材，搬运很费体力，这样“黑、粗、重”的工作，陈亮一干就是 5 年，为后来钻研 1 微米技术打下了坚实的基础。

“安于现状不是我的风格，往高技能方向发展才是我的理想。”都是干一样的活，但陈亮有一点跟别人不一样。这 5 年里，他并没有像其他人那样结束了一天的劳累就回家睡觉，而是主动留在公司跟着师傅学技术。除此之外，陈亮还自学了自动化技术，他平时生活很节俭，但买书却很舍得，还下狠心买了一台 9000 多元的电脑，如饥似渴地学习软件编程等知识。

功夫不负有心人。2007 年，陈亮当粗加工铣工的第 5 年，数控加工中心缺人手，公司领导看到他好学，平时知识储备较多，就调他到数控铣加工组试用。

这是陈亮第一次显身手，没想到一出手就震惊了全车间。当时，微研公司正在加工电视机的高精度定位销，精度允许范围为 2 微米，但数控加工中心的老职工只能把精度做到 3—4 微米，产品达不到客户的理想精度，公司上下都很着急。

陈亮在操作设备

陈亮一边留心观察老职工的做法，一边查阅资料、在电脑上编程模拟，研究了不到一个星期，他终于找出了症结所在，把产品精度控制在了 1 微米，难题解决了。

想知道他是怎么做到的吗？陈亮说，其实，他只是创新了工具。

他观察发现，以前公司数控加工中心的老师傅只用刀具加工模具，他大胆尝试加入精密砂轮，将二者组合使用，实现了铣和磨的双重功能，既提升生产精密模具的效率，又保证了高品质。

对于精密制造，细心是这行的职业习惯。陈亮所在的公司一般接的是精密模具个性化定制，没有现成模具可参考，每一次订单都要仔细研读分析。为了更好应对每一次挑战，他为自己立了一条工作准则："再仔细一点点，离 1 微米的精度就能更近一点点！"

人机合一，精益求精

"聪明人很多，陈亮能脱颖而出的重要原因是精益求精。"无锡微研股份有限公司副总经理邹新潮说，企业很多工艺革新都交由陈亮带头攻关。由于他认真钻研、精益求精，同事们都亲切地叫他"老牛"。

精益求精的心态，让陈亮收获成就感。几年前，陈亮所在的无锡微研与清华大学共同承接了一项国家 863 重点项目——节能减排燃油喷射用微喷孔加工高精密先进制造设备项目。短短半年时间，他和技术专项小组成员配合清华大学的研发人员就研制了一台样机，靠的就是精密技术。

"一两个微米的差距，就可能是不同的结果，失败，或成功。"2016 年，他们研发的这一设备获得了"江苏省首台套"专家鉴定和"中国机械工业科学技术奖"一等奖，现已销售超 200 台，形势乐观。

同样的故事还有，2013 年，无锡微研首次进入航天航空领域高精微细制造，陈亮带领团队分秒必争，精益求精，以为国争光为强大动力，集中攻关，一个月内就研制出了样件，经相关专家检测试验性能稳定可靠，现已生产应用，前景良好。

2019年，陈亮35岁，身边的朋友们却说他其实有些看老，头发稀疏。陈亮幽默地说，可能是因为他“想太多”。

事实上，数控铣加工是实践性很强的工作，不仅要多动脑，而且实际操作中还需要超强的耐力和技巧，或站或弯腰半小时加工一个精密零件是常事，一个看似简单的部件稍有不慎就有可能加工成废品，难度非常大。

有时，陈亮接连几天废寝忘食，反复做了很多次，模具都不能达到完美精致的标准。面对这些困难的时候，他不急躁，更多的是埋头苦干、不懈努力、不断发掘技术潜能，甚至在吃饭时也在琢磨模具从哪里下手，加工的时候听声音，不断作记录对比，脑子里整天都装着一批加工参数：转速、刀具磨损度……这是他与机器朝夕相处形成的习惯性“脑补指令”。

有人问陈亮，总是面对机器，你闷不闷？陈亮说，其实你们不知道，机器每天都是不同的。只有摸透了设备的习性与长处，才能用机器做出想要的精密模具。

“人机合一”，是陈亮从一个易拉环得到的感悟。这件看似普通的东西，其制造模具却多年依赖美国、日本进口。为了突破这个技术封锁，他到国外深造时专门找资料，解决易拉环模具的凹凸模加工难题。

深入了解后，陈亮发现有些模具做不出来跟设备有关，国外制造商实行了设备垄断。经过不断摸索，他突破性地使用了模具制造常用工具以外的设备，最终研制成功，填补了易拉环模具制造国产化的空白，为企业赢得了新的利润点。

工友们调侃，陈亮对机器比对老婆还好。他坦言，其实，他内心一直愧对妻子。2008 年 10 月，恰逢易拉环项目攻关的关键时期，女儿出生了，他白天忙工作，晚上照顾孩子，从来没能像别的丈夫那样好好陪过妻子。但一直以来，妻子都非常支持他工作，家里的事她“一肩挑”。2017 年，无锡微研特意邀请陈亮的妻子和女儿参加公司年会，女儿在大屏幕上看到陈亮获奖的照片后说：“老爸你真厉害，你是我和妈妈的骄傲。”陈亮听了特别感动，是新时代给了技能劳动者更多出彩的机会和舞台。

培养技术骨干，传承工匠精神

工匠，就是要把匠人匠心精神不断传承下去。

陈亮坦诚，他最想做的就是尽力培养更多年轻人走上“工匠之路”，不断壮大产业发展急需的最质朴、最核心的技能人才队伍。

从 2005 年开始带徒弟至今，他已经培养了 30 多名优秀技能拔尖人才和青年后备人才。现在，陈亮把大部分心思和精力花在“传帮带”上。母校江苏信息职业技术学院聘请陈亮为客座教授，邀请他参与学校智能制造教学、“工匠之家”建设。陈亮不遗余力，经常参与工匠精神进校园、进课堂系列活动，弘扬工匠精神。

“只要热爱本行当、肯刻苦钻研，做技能工人大有前途。”让陈亮感到苦恼的是，最近几年进公司的年轻人吃苦精神不足，许多徒弟看到模具制造材料脏、工作累就打起了退堂鼓。在带徒弟的过程中，陈亮较以往更加用心，不仅把自己的技能毫无保留地传授给徒弟们，还在平时工作细节中融入工匠精神，更注重言传身教。

“干一行、爱一行、钻一行；做精、做细、做到极致！”进入精密模具行业 10 多年，陈亮的这份初心历久弥坚。他深知，只有培养更多的工匠，只有将质量之魂植入匠心，“中国制造”才能“不畏细节，不惧时间”，最终被国际市场认可。

全国总工会宣教部供稿

1 微米上的技能筑梦

王　伟　陈煜蕾

1 微米有多细？一根头发丝直径的 1/60！做到 1 微米的精度有多难？精密模具的要求一般是 2—5 微米，1 微米精度的模具在市场上比较罕见，而模具品质的优劣往往就在这微米之间。

把模具精度控制在 1 微米，正是江苏无锡微研股份公司高级技师陈亮的拿手绝活。参加工作 17 年，陈亮从学徒工蜕变为省级技能大师，参与过国家 863 重点项目，攻克了一批技术难题，其研发的新生产技艺填补了国内空白。“技能成就梦想，奋斗改变人生！”2019 年五一前夕，陈亮获评全国“最美职工”，荣获全国五一劳动奖章。

1984 年，陈亮出生在江苏宿迁农村。2002 年，他从江苏信息职业技术学院模具设计与制造专业毕业后，进入无锡微研股份公司成为一名学徒工。

无锡微研是一家从事精密模具研发的龙头企业，其生产的精密模具涉足航空航天、电子通信、高端汽车、空调、医药等领域。为了尽快掌握技能，陈亮用“特殊”的方式拜师学艺：每天一大早，到车间帮师傅擦拭机床上的重油污。他的坚持和真诚打动了师傅，师傅们毫无保留地将技术和经验传授给了他，陈亮很快脱颖而出。

刚工作时，陈亮把公司粗加工车间的所有工序如磨床、车床、快走丝等岗位都尝试了个遍，最后选择了铣工。铣工是个苦、脏、累的岗位，但陈亮看中的是它在整个模具加工工序中含金量最高、最有发展空间。

干活时，铁屑飞溅，被烫到手是家常便饭，时间长了，衣服还会被铁屑烫出一个个小洞……但陈亮一干就是5年。5年里，陈亮没有像其他人那样结束了一天的劳累就回家睡觉，而是每晚挑灯夜读，主动自学自动化技术，把国内外数控铣加工的书几乎啃了个遍。当时还在租房住的他，生活很节俭，却舍得拿出半年积蓄买了台电脑，如饥似渴地学习编程。

机遇总是留给有准备的人。2007年，陈亮当粗加工铣工的第五年，数控加工中心班组缺人手，公司领导看他好学爱钻研，就调他去试用。“当时，公司接到电视机定位销订单，精度要求控制在2微米。”然而，数控加工中心班组的老员工只能把精度做到3—4微米。“产品达不到客户要求，公司上下非常着急。”

陈亮一边留心观察老员工的做法，一边查阅资料、在电脑上编程模拟，不到一个星期，竟然找到了解决方案，一下子把产品精度控制在了1微米！

“我只是在工具上做了点创新。”原来，陈亮发现，先前公司数控加工中心班组的师傅们只用刀具加工模具，精度达不到。如果光是铣还不够，那再磨一下如何呢？陈亮结合自己平时的学习和思考，大胆尝试加入精密砂轮，将二者组合使用，实现了铣和磨的双重功能，既提升生产精密模具的效率，又保证了高品质。

一炮打响，陈亮从此留在了数控加工中心班组，实现了他从粗加工到“1 微米”的华丽转身。

“一两个微米的差距，就意味着成功或失败。”在一次次“1 微米”的任务中，陈亮不停地淬炼自己的技能。

2013 年，陈亮团队首次涉足航天航空领域高精微细制造，一个月内就研制出样件，性能稳定可靠。第二年，清华大学慕名而来开展校企合作，陈亮团队与清华大学共同承接了一项国家 863 重点项目——节能减排燃油喷射用微喷孔加工高精密先进制造设备项目。

“聪明人很多，陈亮能脱颖而出的重要原因是他有着异于常人的精益求精精神。”无锡微研股份公司副总经理邹新潮说，企业里有许多工艺革新都是由陈亮带头攻关的。

在无锡微研公司，陈亮有一面荣誉墙：江苏省有突出贡献中青年专家、全国“最美职工”、全国五一劳动奖章……“作为一名工匠，就是要把这种‘1 微米’的匠心精神不断传承下去。”陈亮告诉记者，他现在最想做的就是尽力培养更多年轻人走上“工匠之路”。

如今，陈亮把大部分心思和精力花在“传帮带”上。如何让更多的年轻人能在生产一线沉下心来学习技能和技术，并且爱上这个工作？陈亮想用自身的成长经历告诉同事们：“只要热爱本行当、肯刻苦钻研，做技能工人大有前途。”

《工人日报》2019 年 5 月 6 日

17 年打磨中国制造最精细 1 微米

吉强　双爽

2019 年 4 月 21 日，2019“最美职工”发布仪式在北京举行。无锡微研股份有限公司加工中心班组副班长陈亮获此殊荣，同时获得全国五一劳动奖章。陈亮也是此次江苏唯一入选的普通职工。从普通学徒到技能大师，他用 17 年的奋斗打磨“中国制造”模具最精细的 1 微米。

“我是一名农民工”，这是陈亮介绍自己的固定开场白。1984 年出生的陈亮来自宿迁农村。1998 年，他进入江苏信息职业技术学院学习；2002 年中专毕业后，进入无锡微研股份有限公司成为一名学徒工。

刚开始工作时，18 岁的陈亮把公司车间所有的工序岗位都试了个遍，最后选择了铣工，被分配到粗加工班组。铁屑飞溅，被烫到手是家常便饭，做模具的原材料都是钢材，搬运很费体力，这样“黑、粗、重”的工作，他干了 5 年。

干着最苦最累的活，陈亮不甘心自己的发展仅限于此。“在无

陈亮在作技术指导

锡成家置业，对我来说既是压力也是动力，只有不断学习，适应社会需要，才能更好地体现个人价值，所以往高技能方向发展是我的理想。”

5 年里，陈亮下班后主动留在公司跟着师傅学技术。平时生活节俭的他，买书却很“大手大脚”，市面上数控铣加工的国内外书籍都啃了个遍。为了学习自动化、编程等知识，他还拿出半年积蓄 9000 多元买了一台电脑，“我记得到冬天，白天要干活，天黑得早，手脚特别凉，半夜里就多披几件衣服接着学。”

5 年夜以继日的实践与学习，陈亮等来了他的机遇。2007 年，微研公司需要加工电视机的高精度定位销，精度允许范围为 2 微米，当时加工中心班组的老师傅只能把精度做到 3—4 微米。公司领导就调他到数控铣加工班组试用，陈亮学的理论终于有了用武之地。

模具是工业之母、效益放大器。精密模具的制作精度一般是2—5微米，1微米的模具在市场上较为罕见。陈亮一边留心观察师傅们的做法，一边查阅资料，在电脑上编程模拟，探索解决方法。他创新工具，进行工序移植。公司加工中心的老师傅们只用刀具加工模具，他大胆尝试加入精密砂轮，将二者组合使用，实现铣和磨的双重功能，既提升生产精密模具的效率，又保证高品质。最终，他把模具精度控制在1微米。

崭露头角的陈亮并未停止探索。2008年，他发现易拉环这个看似普通的东西，其制造模具却多年依赖从美国、日本高价进口。为了突破这个技术封锁，他到国外深造时专门找资料，解决易拉环模具的凹凸模加工难题。他突破性地使用非制造常用工具，最终研制成功，打破国外长期垄断，获得中国模具工业协会精模奖一等奖。

2014年，清华大学与微研公司开展校企合作，共同承接国家863重点项目。陈亮所在的微研团队，短短半年就研制出国内首个具有自主知识产权的高精密微喷孔加工装备，荣获中国机械工业科学技术奖一等奖，目前产值突破亿元。“核心部件的精度越高，喷孔的形状就越规则，喷出来的油雾就越稳定，事关安全与环保问题，马虎不得。”

同年，陈亮参加由江苏省政府牵头的赴德考察项目。研修归来后，陈亮更加注重生产的效率与精细化。眼下，无锡微研公司又和清华大学联手，研制用于国产大飞机发动机的高端电加工设备，目前已进行试用。

对高精度的坚守，让陈亮成为无锡最年轻的技能大师工作室带头人。“一个人的优秀算不了什么，一个团队的优秀才是真的优秀。”

陈亮说，他希望工作室的每个人都能成为技能大师。“要百分百地传、帮、带，不要藏一手留一手，让 90 后、00 后真正成长起来，他们才是今后建设大军的主力。”

2005 年带徒至今，陈亮已培养 30 多名技术骨干，工作室里的 90 后技师陈小龙还当选了蠡园开发区“最美工匠”。

立足岗位，精益求精。陈亮所在的微研团队获得发明专利和实用新型专利 22 项，荣获省部级科技奖项 4 项。陈亮感慨：“科学筑梦，技能报国，研制高精尖部件，促进我国制造业高质量发展，是我们产业工人的光荣。”

《新华日报》2019 年 5 月 2 日

17 年淬炼，“1 微米”报国

马　薇

1 微米，一根头发丝的 1/60，肉眼难辨。但在被称为“工业之母”的模具行业，1 微米，却是一座衡量一个国家产业实力的“里程碑”。

这个神秘的“1 微米世界”，对中国精密制造行业来说，曾经长期可望而不可即。一个叫陈亮的年轻匠人，却偏偏要到里面去看一看。17 年潜心淬炼匠艺，他一头扎进“微米世界”，也把长期徘徊在门外的中国精密制造业推向了世界一流。而他手中握的“敲门砖”，是一枚小小的易拉环。

2007 年，无锡微研股份有限公司，一份易拉环模具的生产订单摆在了公司加工中心组副班长陈亮的面前。小小易拉环看似简单，内里却大有乾坤：太松，会断；太紧，拉起来费劲，还可能割伤人。玄机，就在拉环周围的一圈刻痕。这条细细的刻痕，在很长一段时间里，是我国相关行业难以逾越的一座高山——制作易拉环模具的关键组件刻线刀，加工精度必须达到 1—3 微米级别，而当时，国内最高只能达到 5—8 微米精度，众多企业不得不以比黄金还贵的价格从国外进口。

面前只有一个易拉环模具样品，没有图纸，加工工艺更是不得要领，陈亮的眉头拧成了麻花。在长达一年的时间里，他查遍国内外所有相关资料，带领加工中心组的团队反复钻研、试验。为了达到产品要求的精度，陈亮大胆进行技术革新，把高倍显微镜安在机床上，对刻线刀的生产过程进行微米级的检测和监控，终于成功加工出高精度、高品质的刻线刀。这种刻线刀，性能与国际一流产品相比毫不逊色，而价格，只有进口产品的 1/3。

“外国人能做的，我们中国人也能做，而且做得更好！”易拉环的成功，让中专毕业的陈亮找到了身为“匠人”的信心，也激起了他“技能报国”的雄心。

由清华大学承担的高端柴油机高精密微喷孔加工装备项目，是突破“卡脖子”技术的国家重大自主创新项目。在实验室研发成功并申报专利后，工程化样机的加工试验精度却迟迟达不到设计标准。2014 年，清华大学研发团队慕名找到无锡微研寻求帮助。

接到任务，陈亮立刻带领团队展开排查，很快确定，问题就出在喷油嘴倒锥孔机床主轴机构关键部件的加工精度上。一次次试验，一次次接近 1 微米的极限，不到半年，陈亮团队就拿出了国内首台具有自主知识产权的高精密微喷孔加工装备，一举替代进口。该设备获得 2016 年“中国机械工业科学技术奖”一等奖，目前累计产值已突破亿元。

正是依托这项重大自主创新技术，2019 年以来，微研又与清华大学展开联合攻关，开始研制用于国产大飞机发动机叶片的高端机电加工设备。每当取得突破性的成果，陈亮都高兴得恨不能“横着走”：“咱们产业工人为国争了光，真是骄傲啊！”

“横着走”，听起来是一句玩笑话，背后却是这位大国工匠板凳甘坐十年冷的坚守和攻坚克难“1 微米”的专注。

1984 年出生的陈亮来自宿迁农村，2002 年中专毕业后进入无锡微研当了一名学徒工。刚工作那会儿，陈亮把车间里所有的工序都干了个遍，最后选择了“黑、粗、重”的铣工。其间，他自学编程，钻研数控加工的相关知识和技术。

粗加工铣工干到第五年的时候，陈亮得到了一个参与高精度定位销工艺攻关的机会。高精度定位销，是电视机上的一个核心部件，加工精度在 2 微米。此前，国内企业多使用传统刀具粗加工，精度只能达到 0.1 毫米，也就是两根头发丝粗细，远远无法达到产品精度要求。陈亮经过反复观察、思考，在机床上大胆革新，尝试将精密砂轮和刀具组合使用。为了激励自己，他用绳子把试验破损的砂轮挂在脖子上。因为压力大，头发大把大把往下掉。

凭着这股子攻坚克难的劲头，经过整整一周夜以继日的试验，陈亮不仅拿出了达标的产品，而且竟然把精度控制在了 1 微米。从此，他有了一个新的头衔——“1 微米大师”。

一次次“1 微米”的历练，伴随着一件件被当作艺术品打磨的零件，陈亮潜心淬炼匠艺，逐渐从学徒工成长为省级技能大师。17 年来，他及其团队先后获得 22 项发明专利和实用新型专利，荣获省部级科技奖项 4 项。2019 年，他又成为江苏唯一的全国“最美职工”，在人民大会堂代表全国产业工人发言。

如今，在“微米世界”游刃有余的陈亮，不断创新打磨技术的同时，也把相当一部分精力投入到新型技能人才的“传帮带”上。

“工匠，技术突出为‘工’，传承创新才是‘匠’。带动和培养更多的 90 后、00 后走上工匠之路，把匠心匠艺传承下去，就是我最大的心愿。”陈亮说。

《新华日报》2019 年 5 月 29 日

最美

2019

职工

ZUIMEI ZHIGONG

魏红权

魏红权：巧手打造　精益求精

魏红权，1968 年 7 月出生，中共党员，大专学历，高级技师，武汉重型机床集团有限公司中小件加工厂钳工。凭借自己高超技能和解决复杂质量问题的能力，他先后荣获“中华技能大奖”、“全国技能能手”、全国机械工业突出贡献技师，国务院特殊津贴，湖北省劳动模范等 30 余项殊荣。

他熟练操作车、铣、磨等多种精密加工机床，擅长机械零件的精密加工和各种刀量具的制造与修复。能对复杂零件加工中出现的质量问题进行综合分析，并提出保证质量的解决措施和方法。在工作中他常常能突破加工制造瓶颈，富于创新性地解决产品零件在生产制造中因设备精度无法达到设计要求的难题，在数控重型机床等制造中发挥了有效作用。从业以来，他先后攻克了公司 300 多台机床产品综合精度超差而不能交付用户的技术难题，创造直接经济效益数千万元，参与完成国家重大科技专项 8 项及省市重大科技专项 30 余项，多次打破国外技术封锁实现历史突破，为国防军工建设事业作出了显著贡献。同时，总结个人操作法 8 项，开展技能授课 40 多次，并受聘为武汉职业技术学院客座教授，广泛传授技艺技能。

勇挑重担，在国家重大国防产品研制中发挥“超精密机械手”作用

在武重承担中科院九五重大科学工程——直径8米高精度地平试跟踪机架转台的研制中，其静压工作台导轨的平面性要求极高，魏红权克服了缺少大于跟踪机架转台的标准平板作基准的难题，采用平尺作纵横和米字型相互校准的工艺方法进行刮研，使其平面性精度达到国家计量标准的“0”级标准。该项目在国家天文台兴隆观测基地通过验收，该工程使我国在大视场天文学研究领域达到了国际先进水平。武重集团承接国家重大专项——某航天航空重点设备

魏红权手工修复零件精度

制造任务。他解决了该设备中的主要部件“X”轴前端用于连接轨迹捕获装置的难题，攻克了该设备中的飞机轨迹捕获装置实现对各种飞机轨迹捕获功能的难题。

魏红权还主持装配了某军工产品使用的方位减速器，编码器和卫星监控雷达天线座。以及预警飞机的蘑菇环状天线座，“长征五号”火箭底部锅状壳体焊接专机，核燃料装置 HT-801 等多项国防重大成套装备，其高超技艺多次受到军代表高度赞扬和肯定。

攻坚克难，为高、精、尖、新产品质量保驾护航

魏红权解决了国家“863”计划项目中七轴五联动车铣复合立式加工机床铣轴、万能旋转摇摆铣头（具有完全自主知识产权的核心技术）精度超差难题，获得 2011 年中国机械工业科学技术一等奖和 2012 年国家科学技术进步二等奖。

针对国家科技重大专项项目 DL250 超重型数控卧式铣车床主轴顶尖锥孔精度超差难题，他通过对轴向轴承的提精和采用对主轴锥孔自磨和研磨的加工方法，确保了产品质量。该设备打破了国外技术封锁和限制，成功地为国家战略装备的研制提供了关键的加工技术保障。该设备获得 2012 年兵器集团科技进步一等奖。

车铣复合加工中心 WHGS7000 是武重自主创新研发而成，在该设备制造过程中，他担负了床身导轨精度提精加工的任务。通过自行研制化学配方，独创“化学刷削 +”的加工方法，在被需要的加工表面涂上化学配方，使工件表面形成氧化膜，快速除去微小的加工余量，获得更高的加工精度和效率。

他还成功解决了数控龙门铣床 XK2140 分度齿盘精度难以达到的难题，该齿盘要求平行精度为 0.005 毫米，他动手自行设计和制作的磨床夹具，削除了电磁盘对工件的弹性变形，以磨削代替研磨的方式，使其加工效率提高 20 倍以上，这一操作法被广泛用于多种同类型零件的加工。此外，他还解决了 DL 系列重型卧车主轴在装配后，需进行自磨加工和主轴跳动精度难以达到的难题，确保了产品质量和周期。

专注创新，突破零件加工瓶颈和制造难题，助力企业技术升级

他主持试制了华工激光研发的多功能数控激光焊接切割复合加工机床，攻克了设备中激光聚焦部件往复运行精度要求高、聚焦无误差的难题，用来替代进口产品，该机床已国产化批量生产。在国家“星火”计划项目 CH5116 数控立车加工中心装配调试中，他解决了滑座体运动精度超差和电流强度值超过标准值的难题，被评为湖北省名牌产品。

在承担为某中德合资企业生产 28 套多种汽车专用模具中，在德方没有特别设计细节时，他提出了降低冲载力对提高模具冲剪质量寿命的方法，并在加工和装配过程中实施，获得德国专家的高度赞扬和肯定。在为某制杯企业使用的德国进口啤酒纸杯机进行技术改进时，他增加该设备冰激凌纸杯机的制造功能，该项目获武汉市政府颁发的“发明创造”二等奖。他自行研制的“扩大外圆磨床加工范围及偏心夹具”的技术成果获得武汉市第十九届“五小活动”三等奖。

不忘初心，载誉前行，广泛传授技艺技能

在工作中，魏红权也看到了我国在装备制造行业与国际先进水平的差距和国内高技术技能人才的紧缺。为了让关键技术得以传承，2014 年在公司领导的支持和同事的帮助下，他将自己多年的加工技术提炼成一套套便于学习和操作的方法，在公司内部宣讲推广，如“化学刷削加工”操作法、机床主轴锥孔跳动超差提精修复操作法、提高机床主轴精度的装配操作法、用磨削方法代替研磨的精加工操作法、用二氧化钼溶液浸泡砂轮磨削特殊材料的操作法等。同时魏红权积极开展传帮带活动，带徒 10 多人，均在公司一线岗位上发挥着重要作用。此外，他积极参加“大国工匠进校园”“荆楚工匠事迹报告会”等活动，受聘为武汉职业技术学院客座教授，广泛传播技艺技能和工匠精神。

执着会使一项普通的事不普通，坚守会让一个平凡的人不平凡。30 余年来他不忘初心，一直坚守在钳工岗位，脚踏实地、精益求精、攻坚克难、开拓创新，将一项平凡的工作做到大匠境界，为中国重型装备制造业转型升级贡献了力量，为国家国防装备制造及武重改革发展作出了重大贡献。

全国总工会宣教部供稿

他有双“超精密机械手”

田豆豆

魏红权正在检测精密结构件。

一块半精加工的零件，研磨10余分钟后，像变魔术般，表面平整光亮如镜！当零件表面清晰地反照出操作台上的图案和文字时，现场响起热烈的掌声……在一次“大国工匠进校园”的活动上，魏红权现场展示绝活，引得台下观众赞叹不已。凭着一双神奇的“超精密机械手”，中国兵器工业集团武汉重型机床集团钳工魏红权荣获2019年全国“最美职工”和“全国五一劳动奖章”。

“他的手研磨能达到什么精度？头发丝直径的1/70，远远超过机械设备！”说起“魏大师”，武重集团有限公司机加公司党总支书记田学涛一脸的钦佩，有时候，机器加工达不到的精度，只有魏红权的手能达到。

2010年，武重集团承接了某工程的加工项目，涉及世界前沿技术。由于核心运动部件的精度极高，加工难度非常大。“比如两个齿轮之间，要求无间隙传动，切正反转传动累积误差不能超过3秒。”魏红权说。他们一般用度作为角度单位，1度的1/60为1分，1分的 1/60 为 1 秒，误差不超过 3 秒，难度可想而知。

魏红权认真分析核心运动部件图纸和工艺要求，反复推敲，从加工方法、测量手段到使用的各种工具都琢磨出一套完整的加工方案。为保证装配周期，减少干扰，他白天主要完成准备工作，晚上开始操作。经过精细加工，精心安装调试，尺度精度和角度精度一点点向设计要求靠近，一周后他终于啃下这块硬骨头，产品达到设计要求，顺利通过检测。

在武重集团，许多重要装备出厂前，魏红权的双手就是最后一道关口。他的“超精密机械手”是达到设计精度的最后保证。过去，有些舰艇的螺旋桨噪声大，原因就是一些零部件的精度不够。魏红权苦心研究，自创研磨加工方法，成功解决了国家“863”计划项目中七轴五联动车铣复合立式加工机床铣轴、万能旋转摇摆铣头精度超差难题。该机床可广泛用于大型舰艇螺旋桨加工，产品运行噪声明显减小，2012 年荣获国家科学技术进步二等奖。

日复一日，魏红权苦练技术，练就了绝活，也练就了信心。他清楚地记得，2016 年，武重集团与意大利某老牌重型机械生产企业合作生产一台重型镗床。当时核心部件由意方提供，当设备装配完成进入检测阶段时，魏红权发现设备精度达不到要求，问题出在意方的核心部件上。意方将其部件运回国内检修，但检修之后运到武重，其设备精度还是不合格。

这下意方技术人员发火了，他们坚持认为，自己的部件没问题，是检测仪器有问题，才发生“误判”。魏红权据理力争，用国际认可的先进检测仪器出具检测报告，意方才承认自己部件存在瑕疵。最终，魏红权用自己高超的技术，修复了该部件，圆满交付了订单。

类似的机床产品综合精度超差的质量难题，近年来，魏红权已解决了 300 多个。在一次次攻坚克难中，他先后获得“中国兵器工业集团首席技师”“全国技术能手”等荣誉称号，享受国务院政府特殊津贴。如今，50 多岁的魏红权已经收了 10 多个徒弟，建立了自己的“创新工作室”。“艺无止境，我还将继续钻研下去。”魏红权说。

《人民日报》2019 年 6 月 21 日

“超精密机械手”磨出工匠路

张　翀　谢文哲

五一前，在中国兵器集团武汉重型机床集团公司车间厂房内，工人日报记者见到研磨钳工魏红权时，他正弯腰弓步，均匀研磨一个高精度的零件。

“这很难吗？不就是磨吗？”同行的记者，轮流上阵，随手拿起魏红权工作台上半精加工的小零件，学魏红权的样子，先拿抹布把操作台擦干净，再倒少许药水，开始使劲来回磨动……10 分钟过去了，记者们撕团棉花擦去零件上的油，却模糊一片，完全不像魏红权磨出的产品光滑如镜面。

“手工加工时对手的力度感和稳定性要求很高，稍不准确就会导致零件报废，这是一个比绣花还精细还难的活，必须在保证尺寸精度和形状精度的基础上，准确的把握零件一丝一毫的细节变化，才能确保零件的质量。凡事高精度的零部件，量具等，经过机械设备加工达不到设计精度要求的，都只能通过手工研磨加工来实现”魏红权说。

“你看我好像很轻松，实际上我全身都在用劲。机械设备加工目前仍无法达到一些零件精度要求，只有通过手工研磨来实现。”魏红权说。

魏红权检查机床设备关键零件精度

51岁的魏红权，有着一双神奇的“超精密机械手”——铣刨磨钻、锉刮锯斩，都是他的拿手绝活，特别是他的手工研磨功夫，更令人叹为观止。

没有标尺，不用仪器，单凭手上的力道，他就能感知零部件尺寸的细微变化。一根主轴的设计精度要求达到头发丝的1/10，而魏红权手工研磨的精度，却达到0.001毫米，只有头发丝直径的1/70，这是数控机床都难以企及的精度。

魏红权说，现在，机械设备加工仍无法达到精度要求的零部件，只有通过手工研磨来保证零件精度。精湛的手艺，得益于他17岁刚入行时的魔鬼训练：直径50毫米、厚度30毫米的金属锭，用锉刀锉成边长25毫米的等边六边形，每天锉8小时，3天才能完成1块。整整1个月，每天重复着同样的工作，最终10块金属锭，让他完全掌握了钳工工作的力道与手感。

由于长时间与金属部件、工具、机油打交道，魏红权的双手变得伤痕累累。“手粗糙点是小事。”魏红权说，“我师父选徒弟的时候说我，个子虽然不高，但是四肢发达有力。你看我的手，一般人没有我的手大。”

然而，正是凭借这双“超精密机械手”的精细劳动，近年来，魏红权独创的研磨技术突破了机械加工瓶颈，创新性地解决了产品零件在精度控制中的难题，解决和攻克多项高、精、尖的生产难题，推动着产品的技术升级和质量提升。每年为企业节约制造成本上百万元，创造经济效益上千万元。魏红权由此被同事们亲切地称为“魏大师”。

1985 年，魏红权从技校毕业后进入武汉重型机床厂工作，师从全国劳动模范余维明。俗话说：师父领进门，修行在个人，为了练手艺，魏红权经常是别人下班后，还留在车间苦练基本功。利用业余时间，他先后学会了车床、铣床、磨床等多种精密加工机床操作方法，掌握了较为全面的零件精加工技术。

魏红权还先后参加了武重职业学校中级工、高级工培训，目前已取得大专文凭。“到了一定阶段，我就要通过书本提高自己，有些不懂的问题我就查资料，我对机械加工很感兴趣，我家里这方面的书很多。在工作中首先要自己练、自己学，平时工作中积累，再实践。”

所谓“处处留心皆学问”，魏红权就是这样一个有心人。每次去其他企业参观，魏红权都特别注意观察别人的加工方法，“我们把他们的加工方法借鉴过来，这也是一个学习过程。我认为关键还是在个人，师父教你之后，最后归根到底还是要你自己去领悟。”

在谈到工匠精神时，魏红权说：“工匠精神就是要追求完美，对自己的职业有执着追求。要有锲而不舍的精神，坚守岗位，努力奋斗，在平凡的岗位上做最好的自己。”

《工人日报》2019 年 5 月 7 日

武重研磨大师魏红权当选“全国最美职工”

周萍英　谢文哲　詹　荣

亿万劳动者之中，2019“最美职工”脱颖而出。他们，都是来自生产一线的产业工人和群体。

2019年5月3日晚，中央电视台社会与法频道播出2019“最美职工”发布仪式。武汉重型机床集团有限公司机械加工公司钳工魏红权，与来自全国各地的另外8名获奖者和1个集体，共同接受了中宣部、中华全国总工会授予的这一殊荣。魏红权是此次湖北省唯一入选“最美职工”的一线工人，他的成长之路真正验证了：劳动成就梦想，技能改变人生。

他的操作精度达到头发丝的1/70

主持人这样介绍魏红权：手工研磨精度达1/1000毫米。他用工匠精神打磨中国制造，用实际行动诠释中国兵器工匠精神。

魏红权在发布仪式现场，展示了一个60毫米高的圆柱形金属件，金属件的一端像一面镜子一样，可以把人脸照得清清楚楚。事实上，这样一件高精度的零件，是他没有借用任何精密打磨仪器，完全通过自己的双手来完成的。而这，正是有着“研磨大师”之称的魏师傅的绝活。

出生于1968年的魏红权，17岁就从武重技校毕业，分配到武重厂从事钳工工作。从进入武重的第一天，他就下决心要成为一名像师父一样出色的钳工。回忆起当年的学徒经历，魏红权说：“师从全国劳模余维明老师，我是幸运的，有这么一位技术精湛的老师傅亲自传帮带，我没有理由不干好。”

他熟练操作车、铣、磨等多种精密加工机床，擅长机械零件的精密加工和各种刀量具的制造与修复。工作34年来，他先后攻克了公司300多台机床产品综合精度超差而不能交付用户的技术难题，参与完成军工、航空、航天等领域国家及省市重大项目30余项，创造直接经济效益数千万元。

魏红权介绍，他们生产制造了很多机床，可以加工很高精度的零件，但是，往往有些精度要求很高的零件，机床加工又达不到这种精度，这个时候，就需要用到手工。经过在工作中多年反复的实践，魏红权摸索出了一套超精密的工作方法——“化学刷削+”，经过他手工研磨的零部件精度达到甚至超过机械生产的精度，达到一根头发丝的1/70，人们都称他为“超精密机械手”。

五一假期3天都在岗位上

2019年五一假期的最后一天，下午2时许，记者打电话给魏红权，电话那头传来一阵嘈杂声。

找了个安静的角落，他才放下声调跟记者解释，4天长假，他只在5月1日当天休息了，其余3天全在加班。

他坦承，之前尽管获得过“中华技能大奖”、“全国技能能手”、全国机械工业突出贡献技师、湖北省劳动模范等30余项殊荣，但这次获得“最美职工”称号他感到非常意外。因为之前他所在的单位并没有递交相关材料。“让我去北京的时候我才知道这个事儿。”他说，近几年国家对“工匠”、对劳动者越来越重视，也才成全现在的他。

如今的魏红权虽然还是一线工人，但是他已经是武重集团的首席工程师。作为9名首席工程师之一，他享受着公司副总的待遇，拿的是年薪。

“一花独秀不是春。”魏红权积极开展师徒传帮带活动，分别在车房、铣房、镗房等车间里，先后带出10多名徒弟，为公司的发展创新储备关键技能人才。此外，他积极参加“大国工匠进校园”“荆楚工匠事迹报告会”等活动，受聘为武汉职业技术学院客座教授，广泛传播技艺技能和工匠精神。

谈及被评选为“最美职工”，魏红权表示：“对我来说是种责任，也是激励。我非常感谢公司多年来的培养，给了我们充分展现自我、实现人生价值的平台，也感谢同事们对我的帮助。我会把这份感激化为以后工作的动力，发扬劳模精神、工匠精神，不辜负‘最美职工’这一闪亮的名字。”

《楚天都市报》2019年5月5日

魏红权：手工研磨的零件精度超越机械

黄 莹

33年执着坚守，经他手工研磨的零部件精度甚至能超过机械生产的精度。2019年4月23日，来自中国兵器武重集团的钳工魏红权，被授予2019年度全国五一劳动奖章。“这对我个人而言是极大的荣誉，也是对我的鞭策和鼓励，我会立足岗位，努力做好表率！”魏红权领奖后接受采访时说。

工业制造从自动化、信息化，到今天走进智能化，无论机器已多么发达，最后仍离不开手工劳动者。魏红权认为，机器只是人能力的延伸，只能按照人设定的程序运作，但人可以不断创新创造，机器永远无法完全取代手工劳动。就目前来看，即使在具有顶级装备制造水平的德国，机械也无法完全达到人要求的精度。一些复杂的零部件，或是对精度要求特别高的零件，仍然需要手工研磨和修复。而机床里的大量零部件会产生累积误差，也需要手工调整到位。

“无论生产什么产品，人都是最核心的生产要素，没有一流的技工，就没有一流的产品。”魏红权说。

33 年来，魏红权在平凡的钳工岗位上不断钻研，摸索出了一套超精密的零件加工技术——“化学刷削 +”。原本普通的零件经过他的手研磨，表面可像变魔术般变得光亮如镜。这种手工研磨的零件精度达到甚至超过机械设备加工的精度，人们都称他为“超精密机械手”。魏红权独创的研磨技术突破了机械加工瓶颈，创新性地解决了产品零件在精度控制中的难题。

从业以来，魏红权先后攻克了 300 多台机床产品综合精度超差而不能交付用户的技术难题，参与完成国家重大项目 50 项，创造经济效益上千万元。2013 年，他被中国兵器集团聘为首席技师，集团旗下遍布全国的 40 多家企业中，仅 9 人有此头衔。

如今，魏红权有了自己的工作室，他组建团队开展“攻关、传艺、研发、交流”，还将自己多年的加工技术进行总结，提炼成一套套操作法在公司推广。他先后带徒 10 余人，分配在各个装配车间，很多人都已能独当一面。其中一名学徒，在手工研磨技艺上甚至已媲美师父。

“我那些所谓的绝活其实不重要。我更希望教会他们的是，在生产过程中独立发现问题以及解决复杂难题的能力。”魏红权说。

《长江日报》2019 年 5 月 1 日

最美
2019
职工

ZUIMEI ZHIGONG

中国航天科技集团五院总体部深空探测航天器系统总体设计团队

中国航天科技集团五院总体部深空探测航天器系统总体设计团队：探月追梦　心向苍穹

2019年2月20日，习近平总书记在会见探月工程嫦娥四号任务参研参试人员代表时指出，嫦娥四号任务坚持自主创新、协同创新、开放创新，实现人类航天器首次在月球背面巡视探测，率先在月背刻上了中国足迹，是探索建立新型举国体制的又一生动实践。

作为嫦娥四号探测器的抓总研制单位，中国航天科技集团五院总体部深空探测航天器系统总体设计团队（以下简称设计团队）的多位骨干在现场聆听了习近平总书记的讲话。自2004年11月成立以来，设计团队作为五院空间科学与深空探测领域研究开发、规划论证、型号总体设计、技术协调和试验组织等技术总体实施机构，承担着我国探月工程、行星探测及空间科学等型号任务，始终致力于新型空间科学与深空探测器系统技术研究和工程实践，成为我国深空探测领域的排头兵、航天技术创新的引擎之一、航天总体设计人才的摇篮。中国首颗月球探测卫星、首颗飞入行星际的探测器、首颗软着陆在地外天体表面的航天器和首辆将“足迹”刻在地外天体上的月球车、首颗以近第二宇宙速度高速再入返回地球的航天器、首颗大型X射线天文望远镜卫星……设计团队为树立中国航天新的里程碑、不断刷新“中国高度”作出了突出贡献，孕育了“追逐梦想、勇于探索、协同攻坚、合作共赢”的探月精神。

以梦铸魂：在奋力奔跑和接续奋斗中成就梦想

习近平总书记强调：党中央决策实施探月工程，圆的就是中华民族自强不息的飞天揽月之梦，月球探测的每一个大胆设想、每一次成功实施，都是人类认识和利用星球能力的充分展示。10余年来，设计团队始终以祖国利益至上的爱国主义情怀引导员工，始终以“用成功报效祖国，用卓越铸就辉煌”的价值理念塑造员工，以稳健的步伐奋力奔跑在追逐揽月梦的征途上。

设计团队诞生之初，便全力投入嫦娥一号卫星这一全新的任务中，打开了我国探索深空奥秘的大门。2007年11月26日，嫦娥一号卫星首幅月面图像公布，中国首次绕月探测工程取得圆满成功。嫦娥一号突破了月球环绕探测技术，实现了我国首次环月探测，铸造了我国航天史上继人造地球卫星、载人航天飞行之后的第三个里程碑。2007年11月，设计团队获得“全国三八红旗集体”荣誉。

来不及喘息，设计团队于2008年开启了嫦娥二号卫星研制的新征程。嫦娥二号卫星在2010年10月发射后，先后完成了月球轨道技术验证和科学探测、日—地拉格朗日L2点绕飞探测和图塔蒂斯小行星飞越探测，成为我国首颗飞入行星际的探测器。

与此同时，立项于2008年的嫦娥三号任务也紧锣密鼓地同步开展。面对我国航天领域最复杂、难度最大的任务挑战，设计团队经过近6年的艰苦奋斗，2013年12月14日，嫦娥三号首次实现了我国地外天体软着陆和巡视探测，使我国成为继美国、俄罗斯之后第三个成功实现地外天体软着陆和巡视勘察的国家。

与嫦娥三号任务交叉并行的是立项于2011年的探月三期工程，为验证半弹道跳跃式再入返回飞行的可行性，设计团队承担了嫦娥五号飞行试验器的研制任务。2014年11月1日，经过近9天的飞行，返回器圆满实现了地外天体高速再入返回，使我国掌握了高速半弹道跳跃式返回再入技术，为后续载人登月、行星际着陆探测及再入返回任务奠定了基础。

嫦娥四号任务于2016年立项，2018年12月8日探测器成功发射、2019年1月3日实现人类首次月球背面软着陆。到2019年3月，嫦娥四号着陆器和巡视器已顺利度过两个月夜和三个月昼，各项功能性能正常。作为我国探月工程四期的首次任务，嫦娥四号在人类历史上首次实现了航天器在月球背面软着陆和巡视勘察，首次实现了月球背面同地球的中继通信，并与多个国家和国际组织开展了具有重大意义的国际合作，成为我国由航天大国向航天强国迈进的重要标志之一。

此外，设计团队还完成了硬X射线调制望远镜卫星（又称“慧眼”卫星）的出厂、发射及飞控任务，该卫星填补了我国空间X射线天文卫星研制的空白。

一路行来，设计团队全员挥洒汗水和智慧，将一个又一个奇迹书写在寥廓深空，逐步将“梦想在望”变成“梦想在握”。

以新图强：敢下深空探测先手棋

在广袤的深空逐鹿场，唯有创新才能抢占先机。设计团队坚持走中国特色自主创新道路，取得了大量拥有自主知识产权的高水平技术成果，推动了一批重大科技成果转化和产业化，提升了原始创新、引进消化吸收再创新能力，改变了关键核心技术受制于人的局面。

在嫦娥一号卫星研制中，面对全新的深空探测领域，设计团队采用多学科、全系统优化设计方法，突破了月球探测器总体设计、远距离测控通信等关键技术，高起点地确定了我国首个月球探测器的总体方案。解决了复杂飞行过程的飞行程序制定、月食条件下的耐受生存等技术难题，在技术抓总、状态控制、系统集成优化方面发挥了重要作用。

针对嫦娥二号卫星“周期短、状态繁、关键多、验证难”等特点，设计团队强化系统创新，突破了直接地月转移、高精度延时积分成像、行星际轨道设计与控制、千万公里级深空测控通信等关键技术。嫦娥二号卫星的研制与成功实施，开创了任务新模式，取得了“低成本、高质量、高回报”的突出实效，多项技术成果为后续深空探测任务积累了丰富经验。

在嫦娥三号探测器研制中，设计团队通过大量的技术攻关和专项试验验证，突破了多项核心关键技术：在国际上首次实现了着陆与巡视的组合探测；创新提出了基于光照的自主唤醒总体方案，突破了极端温度环境下月面生存技术；首次采用立体视觉技术实现月面未知环境的三维恢复与重建，解决了月面环境感知、路径规划等难题，突破了巡视器在轨遥操作控制技术；开创性地制定了地外天体软着陆和巡视探测任务的地面验证试验方案、体系，有力保证了地面验证试验的完整性和有效性，在深空探测器系统设计方面取得了长足进展。

为完成嫦娥五号飞行试验器研制任务，设计团队克服了任务约束条件多、工作模式多、技术难度大、复杂程度高、新研产品多等困难，提出了服务舱和返回器双平台并行运行的飞行器系统设计方案，完成了轻小型化半弹道跳跃式深空高速再入返回器研制，解决了整器重量要求轻、外形尺寸小、总装操作难等技术难点。

作为嫦娥四号探测器总体，设计团队针对新增中继链路、系统级试验工况复杂，飞行任务执行过程中不可逆和影响成败的关键点多等特点，强化“两器一星”接口验证设计，加强精细化控制。同时，以飞行程序和故障预案、动力下降初始点策略等工作为重点开展复核复审，确保设计正确，接口匹配、验证充分。完成了与地面测控和应用系统的对接联试，“两器一星”接口验证，巡视器在轨遥操作演练等工作……全力托举“四姑娘”探索月背。

通过工程实施，设计团队致力于牵引多种学科互相交叉渗透，产生了人工智能、碳纤维复合材料等一大批影响深远的科学和技术成果，带动了国内基础工业的发展，并产生广泛的收益，促进了我国经济与社会发展，为提升我国自主创新能力和航天科技水平作出了贡献。

以情传承：在成就伟业的同时造就人才

多年来，设计团队大力倡导“追求极致”的工作理念，形成了

“严慎细实、确保质量”的工作作风和“自主创新、勇攀高峰”的创新观，成为“追逐梦想、勇于探索、协同攻坚、合作共赢”探月精神的重要发源地，为持续创新、攻坚克难提供了强大的精神动力。

立足中国航天系统工程理念，设计团队以提升系统总体设计能力为目标，通过对深空探测型号研制经验总结和传承，进一步提升团队的设计能力；通过强化专业化建设，开展技术交流和调研，促进了新技术的突破；通过识别任务“短板”和“技术瓶颈”，细化了风险控制措施。针对深空探测领域的任务特点，对人员队伍进行科学分析和优化配置。针对多型号多器同时研制、多研制阶段并行开展的复杂局面，采用“一个团队，多个任务，协调统一”的管理创新，保证了嫦娥四号、嫦娥五号和火星探测器研制工作的并行推进、顺利进行。

设计团队竭力培育适于创新型人才成长的沃土，从型号研制、技术攻关、专业发展等多个维度，按照不同层次岗位需求开展人才培养工作，精心构建了员工学习成长平台，将优秀的员工安排到系统研制工作最前沿，进行全方位历练，以“自我学习，自我提高”的自助、“以老带新，传承经验”的帮助、“专业培训，注重实效”的辅助和“专业互补，共同进步”的互助的“四助”策略，全面引领青年快速成长。通过学术会议、技术交流、专项培训等措施，创造出一个适合于创新型人才成长的良好环境，也为中国航天培养造就了一批年轻的高素质科技和管理人才。设计团队培养出副总师 5 名以及“中国青年科技奖”获得者 2 名、“月球探测工程突出贡献者”6 名、国资委“月球探测工程优秀共产党员”1 名、“航天科技集团公司劳动模范”2 名、“航天科技集团公司最美青工”1 名。

展望未来，初心未改。承担着嫦娥五号探测器、火星探测器等型号总体及相关分系统研制任务，设计团队将继续以引领我国空间科学与深空探测领域发展为己任，向着更远的深空进发，为推动我国深空探测事业发展和航天强国建设作出更大的贡献。

全国总工会宣教部供稿

用青春托起探月梦

任 洁 郭 强

“妈妈，月亮上有什么？我们什么时候能去月亮？”这是中国航天科技集团五院总体部空间科学与探测总体研究室主任杜颖的孩子在小时候问过她的问题。

随着2019年1月嫦娥四号实现人类首次月球背面软着陆，杜颖可以骄傲地告诉自家乃至千万个遥想月亮的孩子，“妈妈的同事们设计的探测器已经登月，你的问题都有了答案。”

2019年4月，她所在的深空探测航天器系统总体设计团队荣获“最美职工”称号。

追逐梦想　勇当探月“排头兵”

从嫦娥奔月到敦煌飞天，中华民族从未停止过对宇宙的遐想。

新中国成立后，一代又一代航天人前赴后继，追月逐梦。在他们的不懈探索中，月球探索不再停留在古代神话和外国新闻里，而是变成可以一步步接近继而实现的中国梦。

2004 年，在经过多年的酝酿论证后，中国正式启动月球探测工程，深空探测航天器系统总体设计团队应运而生，承担起空间科学与深空探测领域的研究开发、规划论证等工作。

历经 10 余年发展，团队已成为我国探月工程的排头兵、航天技术创新的一大引擎。

2007 年，团队抓总设计研制的嫦娥一号成功获取全月球影像图，铸造我国航天史上第三个里程碑；2010 年发射的嫦娥二号首次实现我国对小行星的飞越探测；2013 年 12 月，嫦娥三号成功实现落月梦想，并创造了全世界在月工作最长纪录；2019 年 1 月，嫦娥四号实现人类首次月球背面软着陆；当下，嫦娥五号开始“奔月取土”的研制工作……

在发射场的 92 天里，嫦娥四号研制团队每天工作近 12 个小时，完成专项试验 17 项、主线任务 131 项、着陆器加电 212 小时、巡视器加电 99 小时。33 岁的着陆器总体副主任设计师杨眉说，那段日子不停地闯关，每天累到筋疲力尽，第二天又“满血复活”。

追求极致　不畏艰险保成功

人类登月成功以来，造访月球正面的着陆器有 19 个，但着陆在月球背面的一个都没有。因为探测器在此软着陆，远比在月球正面难得多。

39 岁的着陆探测器主任设计师李飞带领小组钻进文献海洋，查询有限材料。在综合分析了月球背面环境、探测器温度、充电等因素后，他们最终在地形起伏达到 6000 米的月球南极——艾特肯盆地选定了冯卡门撞击坑作为着陆点，宛如在崇山峻岭中找到一片平原。

2018 年，在嫦娥四号发射进入冲刺阶段时，李飞每天工作近 16 个小时，把 1 个月当成 1.5 个月来用。身体一度累到极限，但他说已经顾不了那么多，而且同事们都是这样“扛”过来的。

从地球发射探测器到月球背面的着陆点，中间相隔 38 万公里。如果说嫦娥三号的着陆区面积有两个北京市大小，嫦娥四号的着陆区就缩小为五环那么大，精准度更上层楼。古有百步穿杨的神射手，今有“万里穿杨”的中国探月团队，承担“瞄准”任务的总体核心成员就是杨眉。作为飞行控制专家，她带领轨道、控制设计师创造性提出定时定点的轨道控制策略，做出上百个预案，“想过一万种失败可能，并把所有漏洞都堵死”。

2018 年 10—11 月，她和两个同事负责发射指令核对工作，清单多达五六百页，指令近万条。虽然有自动化检测工具，但她们依然不放心，“决不能在这个环节上发生细小差错”，于是一条一条人工检测，看到后面视线都模糊了。最终，嫦娥四号成功着陆在指定区域内，实现了“指哪儿打哪儿”。

杜颖感叹，团队的每一名成员都深知自己承担的任务凝聚着无数人的心血与智慧，容不得出现任何闪失，“追求极致”的理念已经成为他们的工作习惯。

牢记使命　齐心协力探深空

这个团队最厉害之处，在于每个人都在岗位上发挥出最大效能，而且所有人的心力拧成一股绳，把巨大的探月压力化为坚实动力，才创造出一项又一项奇迹。

为了帮助青年员工快速成长，研究室从型号研制、技术攻关、专业发展等多个维度，按照不同层次的岗位需求开展人才培养工作，为员工搭建学习成长平台，采取“自我学习自我提高”的自助、“以老带新传承经验”的帮助、“专业培训注重实效”的辅助和“专业互补共同进步”的互助“四助”策略，创设适合创新型人才成长的良好环境，形成“勇于担当、自主创新、团结协作、追求卓越”工作文化，培养造就了一批高素质科技和管理人才。

研究室成立至今，培养出副总师 5 人，2 人荣获“中国青年科技奖”，1 人当选为国资委“月球探测工程优秀共产党员”，2 人被评为“航天科技集团公司劳动模范”，6 人获得“月球探测工程突出贡献者”称号。

在团队办公室的墙上，挂着这样一幅标语：不忘初心　严慎细实访月球；牢记使命　集智创新探深空。15 年的探索，38 万公里的追寻，团队成员忘我工作，用探月梦托举起中国梦。

《工人日报》2019 年 5 月 8 日

“越是难走的路，越想走一走”

崔恩慧　庞　丹　李　静

从嫦娥奔月到万户飞天，千百年来，中华民族从未停止过对宇宙的探索。进入 21 世纪，国家明确提出以月球为主的深空探测目标，启动月球探测工程，并将其列入国家重大科技专项。航天器系统研制是工程任务的关键环节。

中国航天科技集团公司五院于 2002 年组建了以叶培建院士为带头人的创新团队，会聚 10 余学科的专业技术人才，形成了我国深空探测领域发展战略及规划论证、航天器系统研究开发和总体设计的主力队伍。

1 月 9 日，中共中央、国务院在京举行国家科学技术奖励大会，深空探测航天器系统创新团队荣获国家科学技术进步奖（创新团队）。这是集团公司首次获此殊荣。

中国“智”造铺探月之路

深空探测历来是航天强国实现技术突破和资源竞争的竞技场，

技术难度高，风险极大。迄今为止，人类共实施了 242 次深空探测任务，其中月球探测的成功率仅为 50.4%。

对此有着清醒认识的深空探测团队，在叶培建、孙泽洲等总设计师的带领下，将“创新”二字放在首位，致力于新型深空探测器系统技术研究和工程实践。在短短 9 年时间内，就实现了绕月、深空多目标和落月探测器的连续成功，取得了 5 项标志性成果，牵引并突破了 20 余项核心技术，其中 3 项达到国际领先、10 项达到国际先进。

2004 年，我国月球探测工程全面启动。深空探测航天器系统创新团队作为我国深空探测技术的主力军，率先开展了卫星总体方案深化论证和先期研制工作。嫦娥一号卫星便是我国航天事业发展第三座里程碑的开篇之作。

没有成熟的经验借鉴，叶培建带领这个平均年龄不到 30 岁的团队，针对月球探测卫星的新特点，采用多学科、全系统优化设计方法，高起点地确定了我国首个月球探测器的总体方案，并成功解决了轨道、控制、测控等多个难题，突破了月球环绕探测技术，用短短 3 年时间实现了我国首次环月探测。

嫦娥二号卫星作为探月工程二期的先导星，相较嫦娥一号卫星，技术难度和风险更大。以总设计师黄江川为代表的创新团队经反复核算，使嫦娥二号卫星的奔月时间相较嫦娥一号缩短了近一半，大大节省了卫星燃料。最终，团队突破了深空探测多目标、多任务探测技术，将中国深空探测推到一个新高度；实现了月球、日地拉格朗日 L2 点和小行星三类目标探测，取得了“低成本、高质量、高回报”的突出实效。

团队不仅在国际上首次实现从月球出发到L2点，实现了行星际轨道设计的突破，还创新性地提出多约束分层渐进探测目标选择的策略，首创了高速交会渐远点凝视成像技术，在国际上首次精确逼近图塔蒂斯小行星，飞越最近距离达770米，图像最高分辨率优于3米。嫦娥二号卫星已成为我国首颗飞入行星际、并环绕太阳飞行的探测器。

“创新”为这支团队插上了攀登科技高峰梦想的翅膀。“越是难走的路，越想走一走。”嫦娥三号探测器总设计师孙泽洲的话道出了团队的心声。嫦娥三号探测器80%的产品为全新研制，大大超出通常航天器20%—30%的新研产品比例。该团队通过大量技术攻关和专项试验验证，重点解决了自主着陆控制、月夜生存、着陆缓冲等难题，突破了月球软着陆和巡视勘察技术，实现了我国首次地外天体软着陆和巡视探测，使我国成为继美、苏之后第三个成功实现月球软着陆和巡视勘察的国家。

为提高探测器在月球着陆的安全概率，团队突破了高精度、大动态激光测距和微波测距测速技术，在国际上首次实现月面软着陆全自主障碍识别与避障控制；针对月夜探测器低温生存问题，在国际上首次采用重力辅助两相流体回路技术实现热能的自主可控传输。为保证探测器落月时不翻倒、不陷落，团队创新设计“悬臂式”构型方案，攻克了新型常温超塑性材料的制备、加工工艺等难题，突破了着陆缓冲技术，推动了新型机构和新材料技术的发展。

按照我国探月工程“三步走”战略的实施计划，该团队又于2014年下半年完成了探月三期再入返回飞行试验任务，预计在2017年前后将完成我国首次月球取样返回。

在完成一系列重大工程任务的同时，团队创新硕果累累：在国内外刊物上发表文章200余篇；授权专利65项，受理专利125项，制定了多项行业标准；共获国家科技进步特等奖2项，国家发明二等奖1项，省部级奖20余项。

科学管理育青年精英

在开展技术创新的同时，深空探测航天器系统创新团队不断探索新型管理模式，形成了独特的创新文化和团队精神，培养了一大批优秀的科技人才。

在今年的国家科学技术进步奖（创新团队）评选中，深空探测航天器系统创新团队受到评委的肯定和外界的关注，从众多候选者中脱颖而出。

该团队坚持“严慎细实、确保质量”的工作作风，铸就了“勇于担当、自主创新、团结协作、追求卓越”的团队精神。在团队组建之初，叶培建便倡导“捕风捉影”和“亡羊补牢”，即决不放过工作中的任何疑点，问题只要在火箭上天之前都来得及解决。从嫦娥一号卫星研制开始，团队都会对所有单机、分系统和系统总体的设计进行拉网式的全面复查复审，反思差距和薄弱环节，力保产品质量。10年探月路上，这支队伍已经养成了一种近乎严苛的自我加压工作习惯。例如探月三期再入返回飞行试验任务，即便是在正样阶段发现的单机问题，他们也坚持进行质量和管理双归零。正是凭借这种科学精神，这支团队正一步一步地实现着中国人的探月梦。

作为团队中的灵魂人物，叶培建注意到，深空探测领域对多数研制人员来说都是陌生的。于是，他选拔了一批虽平均年龄不到30岁但极具创新精神和专业能力的年轻人，组成了最初的团队。十年间，这支创新团队的人数在变，但把个人利益与国家利益紧密结合的爱国心没有变过，甘于从小事做起、汇“小事”为大成果的拼搏心没有变过。

美国宇航局前局长米切尔·格里芬曾经说过：中国航天最令人羡慕的地方在于，它拥有一大批年轻的科学家和工程师。在深空探测航天器系统创新团队中，培养、重用年轻人已成为传统。叶培建选的嫦娥一号卫星副总设计师孙泽洲当时不过32岁，后来挑起嫦娥三号探测器总设计师重担时只有38岁。在嫦娥二号任务中，总指挥张廷新也大胆起用新人，1980年出生的“史上”最年轻总体主任设计师孟林智等一大批年轻成员快速成长起来。

针对多器同时研制、多研制阶段并行开展的复杂局面，团队采用“专业互补、集同创新”“梯队配置、备岗滚动”“联合协作、牵引支撑”的机制，形成了“一个团队、多个任务、协调统一”的管理模式。在嫦娥一号任务结束之前，叶培建就列了一份探月工程后续主力名单，名单上的人员分属不同专业，按各自特点被分配到不同型号队伍中去。后来，名单上的黄江川、孙泽洲、张熇、贾阳、饶炜、张伍、彭兢、孟林智等研制人员，从嫦娥一号“黄埔军校”走出，在嫦娥二号、三号和探月三期再入返回飞行试验任务中逐渐挑起了大梁。

团队还采取虚拟卫星设计实践式培训等一系列学术阶梯计划，促进团队成员快速成长，同时设置卓越创新奖、专项攻关奖、最佳新人奖，激励青年人才脱颖而出。嫦娥三号探测器副总设计师张熇、嫦娥二号卫星副总设计师饶炜、探月工程三期再入返回飞行试验器副总设计师彭兢是北航本科的同班同学。其中，饶炜毕业后便参加了工作，而张熇和彭兢则为硕士和博士毕业。团队实践和学术阶梯分布相结合的人才结构在他们三人身上得到充分体现。

经过10余年发展，五院已在深空探测领域形成了以中科院院士、国家“万人计划”领军人才、973项目技术、“百千万人才工程”专家等为代表的研究团队。目前共91人，平均年龄35.4岁，先后培养出型号两总16名，主任设计师28名。团队骨干多次获全国五一劳动奖章、中国青年科技奖等荣誉称号。

放眼深空促多学科发展

数年来，深空探测团队取得的大量成果，充分展示了我国的综合国力和科技实力，也带动了空间科学的发展，可直接用于后续火星、小行星等深空探测任务，带动大型运载火箭、深空测控网等工程的建造，促进我国航天技术水平的整体跃升，进一步深化对月球科学和空间物理的认识；还带动了多种学科交叉渗透，牵引了信息技术、人工智能、新能源和新材料等高新技术的发展。

该团队历来高度重视国内外学术交流，与清华大学、哈尔滨工业大学、香港理工大学、法国航空航天学院等建立了良好的合作机制。团队成员在多所高校担任兼职教授，并兼任中科院技术科学部副主任及中国空间科学学会副理事长。此外，团队还积极协办和参加世界月球大会、行星科学大会等国内外会议，前后有20人次在国际会议上作特邀报告，产生了广泛的社会影响。

“我们一定要在狠抓国计民生的同时，不忘仰望星空，认真总结探月工程等重大工程任务取得的经验，做好以深空探测、小行星和火星以及载人登月为主线的深空探测未来发展的顶层规划。”叶培建常说。

展望未来，该团队表示将结合《国家中长期发展规划纲要》，继续以引领我国空间技术、空间科学发展为己任，开展我国深空探测领域发展战略研究，制定2030年前深空探测规划路线图，朝着浩瀚宇宙空间迈出坚实的步伐。

《中国航天报》2015年2月4日

最美职工 2019

ZUIMEI ZHIGONG

视频·链接

中宣部、全国总工会联合发布 2019 年“最美职工”先进事迹

樊　曦

为深入学习贯彻习近平总书记关于工人阶级和工会工作的重要论述，大力弘扬劳模精神、劳动精神、工匠精神，讲好中国工人故事，在“五一”国际劳动节来临之际，中央宣传部、全国总工会向全社会公开发布 2019 年“最美职工”先进事迹。

王树军、黄金娟、石登高、许纪平、苏保信、吴志晖、陈佳、陈亮、魏红权 9 名个人和中国航天科技集团五院总体部深空探测航天器系统总体设计团队，都是来自生产一线的产业工人和群体。他们中有的承担我国探月工程、行星探测等型号任务，致力于新型空间科学与深空探测器系统技术研究和工程实践；有的从事高端装备研制，推动制造业高质量发展；有的扎根脱贫攻坚一线，创造性开展精准扶贫；有的苦练技艺，在全国职业技能大赛中夺魁；有的巾帼不让须眉，荣获国家科技进步奖；有的负责交接国际联运列车，活跃在“一带一路”重要节点……他们立足本职、敬业奉献，在平凡岗位上做出不平凡的业绩，用实际行动模范践行社会主义核心价

2019 年 5 月 3 日，中共中央宣传部、全国总工会联合发布 2019 年“最美职工”先进事迹。左起：王树军、石登高、陈亮、吴志晖、陈佳、黄金娟、魏红权、苏保信、许纪平、中国航天科技集团五院总体部深空探测航天器系统总体设计团队代表

值观，充分展示了产业工人队伍有理想守信念、懂技术会创新、敢担当讲奉献的良好精神风貌，大力唱响了新时代奋斗者之歌。

发布仪式在中央广播电视总台举行，现场播放了“最美职工”先进事迹的视频短片，从不同侧面采访讲述了他们的工作生活感悟。中宣部、全国总工会负责同志为他们颁发“最美职工”证书。

参加发布仪式的观众表示，这些“最美职工”扎根基层默默奉献、立足本职干事创业，他们的事迹感人肺腑、振奋人心，生动诠释了“劳动最光荣、劳动最崇高、劳动最伟大、劳动最美丽”的时代强音，必将激励全社会劳动者学习最美、争当最美，为决胜全面建成小康社会、夺取新时代中国特色社会主义伟大胜利、实现中华民族伟大复兴的中国梦作出更大贡献。

新华社北京 2019 年 5 月 3 日电

《闪亮的名字——2019 最美职工发布仪式》，中央电视台，2019 年 5 月 3 日。